作家的覚書

高村　薫
Kaoru Takamura

岩波新書
1656

作家的覚書　目次

講演録

二〇一四年

日本人であること

「図書」二〇一四年一月号

目下の政権与党が「日本を取り戻す」と豪語する、その基本にあるのは、いまの日本社会の諸相が本来あるべき姿ではないとする信念のようだが、たとえば一度も皇居を遥拝したことのない一物書きにとっての日本の姿と、保守政治家にとってのそれが同じであるはずもない。かように、あるべき姿というものこそ曲者で、むしろ頭に「〇〇にとって」という但し書きをつけるべき事柄なのだろうと思う。とくに近代の国民国家ではなく、神話や神事との境目が溶けだすところまで遡った国の姿を云々するのであれば、なおさらである。

とはいえ、生まれてこのかた私が氏神神社や道祖神の類に無縁だったのは、大正教養主義の申し子だった亡父母が、端から伝統文化に背を向けて、初詣や七五三のようなものさえ拒否し続けた結果に過ぎないようにも思う。折にふれてそここの神社を覗いてみると、老若男女が当たり前のように祈る姿があり、これが日本人のごく日常的な心象だとすれば、自分はいったい何者なのだ――と、ある時期から冷や汗が出る思いで自問自答するようになったからである。

かくして、五十も過ぎてから『古事記』や『続日本紀』などを繙いたり、古代の神祇信仰や奈良仏教についてあれこれ乱読しながら、日本人の祈りのかたちとはどんなもので、どんなふうに変容してきたのか、ぼんやり眺めたりしているのだが、それはまた日本人の歴史や生活史の俯瞰でもあるし、さらに言えば私から親へ、祖父母へ、曾祖父母へと先祖を遡って、自分はどこから来たのかを探る旅でもあるのだろう。

ともあれ、大多数の日本人が心身で知っていることを、いまごろ書物で学んでいることになるが、私はけっして日本人のあるべき姿やルーツを求めているのではない。そうではなく、根底にあるのは信心のかたちをめぐる問いであり、自分にはなぜ信心がないのかという素朴な疑問である。阪神・淡路大震災を経験した後、ふいに仏教へこころ惹かれたときも、修行や学道よりも発心や信心という跳躍こそ信仰にとって最大の難関であることを発見して立ちすくんだものだが、懲りずになおもこうして信仰のことを考えている自分がいる。

おそらく、亡父母によって奪われた日本人としての身体体験を埋め合わせようとしているのだろうが、それ以上に、還暦を過ぎてなお不確かな自身の存在感覚を少しでも固めんとする無意識の思いがあるのかもしれない。日本語で小説を書く者としての自負と日本人としての内実が釣り合っていないことに対する本能的な危機意識が、私をして日本人を生き直すよう急かしているのだろうか。

ものを言うこと、行動すること

「図書」二〇一四年二月号

何がきっかけだったのか不明ながら、作家として、長年多くの社会的発言や時評の機会を与えられてきた。ただの小説書きが「識者」などであるはずもないし、何かの専門知識があるわけでもないが、それでもあえて時事的な発信に関わり続けてきたのは、どんな集団や組織にも利害関係をもたず、特定の政治思想や宗教にも無縁な一生活者の視点というものがあってしかるべきだろうと考えるからである。

そうした一生活者の立場は、結果的におおむね偏りのない視線を生み出しており、炯眼でも深淵でもないけれども、ひとまず地道な社会観察につながっているように思う。もちろんそこには、子どものころから自身の身の回りよりも社会に見入ってきた私の思考回路や、行動するよりは観察する人間であることが寄与しているのだろう。生来の観察者がなれるのは、科学者か作家ぐらいのものである。

ともあれ、そうして小説を書く傍らで社会的発言を続けるうちに名ばかりの「著名人」になっていたのだが、そこで困った事態に直面した。同時代のさまざまな社会問題——たとえば原発や、つい先日国会で成立した特定秘密保護法などの是非——について各種団体が抗議集会などを計画しようというとき、しばしば発起人に誘われるようになったのである。母体がどのような団体であれ、特定の社会問題についての意見表明は自ずと政治的にならざるを得ない。そのため、いついかなるときも政治的でありたくない作家としては、発起人や賛同者に名を連ねることから逃げざるを得ないのだが、それにしても新聞などで脱原発を説きながら、脱原発を訴える行動に参加しないというのは、自己矛盾ではないだろうか。かたちの上では社会時評でも、脱原発を目指すべきといった私見の表明は、すでに十分政治的ではないだろうか。

福島第一原発の事故以来、国会前の原発再稼働反対の集会には一般市民の姿も見られるようになった。特定秘密保護法に抗議する集会でも、労働組合や市民運動家の隣に主婦や学生の姿があった。彼らを政治的と評することには異論もあろうが、厳密にはやはり政治的と言うべきである。これはむしろ特定の政治思想と無縁の市民が政治的行動に出ることの健全さというものであり、この国の民主主義社会の進化というべきなのだ。まさに市民が行動するとき、社会は動くのである。ひるがえって、同じく一生活者を自負しながら、社会の観察者に留まって行動しない作家に、いったいどんな理があるか。この一、二年ずっと自問し続けている。

観光客一千万人の現実

京都新聞「現代のことば」二〇一四年二月十日

近ごろ、街中で中国語やタイ語や、アジア訛りの英語を耳にする機会の、なんと増えたことか。観光地やホテルはもちろん、百貨店や新幹線でも同様であり、去年一年間に日本を訪れた海外の観光客数が初めて一千万人を超えたというニュースを、まさに実感する今日このごろである。

観光客の増加はアジアの経済発展のおかげだが、街に出たとたん、そこかしこでアジアからの観光客と出会うのは、日本人にとっては初めての経験であり、正直なところ少し戸惑いも覚える。

この二十年、すっかり元気を失って肩を落として生きてきた私たちに比べてなんとも元気いっぱいの彼らの賑やかさに、こちらが気おされるのだろうか。歩道の歩き方やレストランや店舗での振る舞いなど、これまでは意識しなかった目に見えない秩序のようなものが、外国人によって侵犯されるのを感じ、無意識に身構えるのだろうか。

いまにして思えば、かつて日本人の団体観光客が大挙して押しかけていたパリやローマでも、土地の人びとは同じことを感じていたのだろうと思ったり、観光地であり続けるうちに観光客の存在が日常になるときが来るのだろうと思ったりもするが、そうだとしても私たち日本人の市民生活にとって大きな変化ではある。

一九六四年の東京オリンピックや七〇年の万博のとき、国をあげて海外からの観光客の接待に奔走し、私たち市民もマナーや簡単な英語を熱心に学習したものだが、いまや日本のうつくしい自然や高性能の家電製品を求めて、一年をとおして観光客がやって来るようになった一方では、私たちの市民生活のほうはすっかり成熟してしまっているのである。

豊かで便利で高機能で完成されたこの社会が、観光客という新たな存在をどのように受け入れてゆくのかは、市民生活にとって大きな課題である。棲み分けるのでもなく、混じり合うのでもない、このあたりのやりようは京都人に一日の長があるに違いない。

さてしかし、海外からの観光客が増えたというだけで自身の生活感覚になにがしかの緊張が生じている筆者は、日本人だけの同質社会にあまりに長く生きすぎ、慣れすぎたのかもしれない。

若い世代はもっと屈託もなく海外の人びとと混じり合うだろうし、観光客だらけの大型家電店やテーマパークに戸惑うどころか、活気があってよいと思う人が主流だろう。実際、二〇二〇年にオリンピックが開かれるというのに、いまごろ観光客の増加に立ちすくんでいるのは、まったく例外的な事例であるに違いない。

とはいえ、高齢化が進むこの国でしばしば移民受け入れの是非が話題に上るとき、労働人口の不足を移民で補うことの政策的な当否の以前に、私のような高齢者には多国籍の人びとと共存する社会は、生活感覚として厳しいのかもしれないと考えさせられる。まさに日ごろの理性とは裏腹な、自身の生活感覚の本音を覗き見る思いがする。

名ばかりの地方の時代

読売新聞「寸草便り」二〇一四年二月二十五日

地方から眺める首都東京はなにかにつけ特別なのだが、先ごろ行われた都知事選もその一つだった。なにしろ、地方の県知事選や府知事選と比べて、都知事選は立候補者の数が格段に多い。各政党がそれぞれ有力な候補者を擁立するだけでなく、おおよそ政治には無縁と思われる有名人やタレントが我も我もと立つお祭り騒ぎには、さすが東京とため息が出る。

もちろん、立候補者の多さは必ずしも人材の豊富さを意味しないけれども、ともかく都知事になりたい人がこんなに多いのは、その椅子に抗しがたい魅力があるということではあるだろう。十三兆円の年間予算と十六万人の職員をその手に握る都知事ほど、絶大な権力の欲望を満たす地位はほかにないということだ。その上、たとえば代議士になって熾烈な権力闘争を勝ち抜かなければなれない首相と比べると、都知事の椅子は知名度一つで一夜にして手にすることも夢ではない。長らく権力に憑かれた著名人の指定席と化している所以である。

とまれ、地方に暮らす私などは、いったい知事という仕事は行政の素人でも何とかなるものなのかという根本的な疑問を新たにしたり、素人の思いつきに毛が生えた程度のうわついた選挙公約の数々に眉をひそめたりしながら、羨望と反発が半々の微妙な心地で都知事選を眺めていたのだが、では自分たちの首長選はどうかというと、こちらはまた違う意味でため息が出る。

地方の自治体の多くは、中央官庁と業界団体などがつくる旧態依然の構造が硬直化したまま生き続けており、そこで行われる選挙はさながら既得権益をいかに守るかの闘いでしかない。地方でも、ときにテレビタレントが知名度を武器に首長選挙に登場することはあるが、それも旧弊に風穴を開けるというよりは有権者が足下を見られたに過ぎず、逆に地方の暮らしが行き詰まりつつある現実を突きつけられたようで居心地はけっしてよくない。

もっとも、そんな地方の選挙の閉塞と都知事選の無節操を並べてみると、一つ確かなことがある。地方の時代というのが名ばかりだという事実である。ひところ地方へ回帰しかけていたベクトルが嘘のように消失し、いまや人、富、文化、情報のすべてが当たり前のように東京を目指す。ネットで解消される情報格差もあるが、最先端の多彩な情報と暮らしがつながり、人と街とモノが一体となって大都会の豊かさや刺激という生きた生活実感となるのは、東京をおいてほかにないのだ。

とはいえ九〇年代と異なるのは、その東京の富がもはや地方へ流れ落ちてこなくなったことであり、東京は東京で自ら繁栄しているというより、一極集中により一人勝ちしているに過ぎないことだろう。また、経済成長の長い低迷の下での富の偏りは、従来の価値観の混乱や、不安定から来る過激さをはらみ始めてもいる。

先の都知事選では、極端な歴史認識をもつ候補者が人気を博したり、唐突に反原発を掲げて元首相が立候補したりしたが、こうした何でもありの自由は尊重しつつも、地方の醒めた眼には少々グロテスクな光景だった。オリンピックを控えた東京の輝きも、実はあちこちに不安をひそませているのだろう。

死者たちと生きる

「図書」二〇一四年三月号

松が明けるころ、阪神間に長く暮らす者はみな、平成七年に起きた阪神・淡路大震災の記憶へと引き戻され、否応なしに粛然となる。昨今のメディアがことあるごとに地震発生から何年何か月と数えて追悼の雰囲気を演出するのは、大量の死とどう向き合えばよいのか分からない社会一般の、ある種の不全感に対するメディア自身の過剰反応でもあろう。けれども、発生から三年未満の東日本大震災はまだしも、今年で十九年目になる阪神・淡路大震災のほうは、遺族を除けばさすがに喪失感もあいまいになってきており、声高に年月を数える声はない。それでも個々人のレベルでは、一月十七日が近づくにつれて少しずつ気分が重くなってゆくのであり、私などは、日ごろからそれほど生真面目に犠牲者たちに思いを馳せ続けているわけでもないのにと、自分自身を訝ることになる。

とはいえ、なんとも言えない気の重さや、胸が塞がれるような息苦しさは十九年前から変わらず続いているものでもある。当初は、未曽有の被害を目の当たりにしたことからくる動揺や衝撃がこうして身体に響いているのだろうと思っていたが、しばらくしてそうではないと気づいた。なぜなら、どんなに大きな衝撃も月日とともに薄れるものだからである。ならば、十九年経ってなお変わらないこの気の重さは、どこから来るのだろうか。そう、六千人を超える死者たちをおいて、ほかにない。倒壊した建物の下敷きになって絶命した人びと、火災で焼死した人びとの無念がそこここに渦巻いていると言うつもりはない。渦巻いているものがあるとすれば、むしろ生き残った人びとの悲しみと祈りだろうが、肉親を失っていない私の胸を塞いでいるのはそれとも違う。では、死者たちの何が私にとって問題であるというのか。

震災から数か月経ったある日、復旧の槌音が響く神戸市内を歩きながら、ここで多くの人が命を落とした、まさにその上に街を築き直しているのだということを思った。災害や戦禍からの復興とは端的に、生き残った者が犠牲者を踏み越えてゆくことにほかならない。それは社会の健全な営みというものであり、世界じゅうで人はそうして生きているのだが、日々忙しく過ぎてゆく私たちの社会は、ある意味死者たちがつくる分厚い地層の上の表皮のようなものだとは言えまいか。そして私たちもいつか死に、次の世代が新たな表皮をつくってゆく。そういう死者たちの地層が可視化されたのが、阪神・淡路大震災であったのだと思う。かくして、しばし死者たちの気配に満ちる阪神間の年初めである。

歳の取り方

「図書」二〇一四年四月号

先ごろの東京都知事選に、政界から引退して悠々自適の文化人となっていたはずの元首相が立候補したのには驚いた。脱原発という個人の理念は理念としてあるにしても、それが都知事選と結びつくためには、一定の政治的な深謀遠慮が働かなければなるまい。それがどんなものであったのかは知らないが、齢七十六にして涸れることがない、そうした政治的野心こそが政治家をつくっている生きた実例を、まさに見る思いがした。また、応援に立ったもう一人の元首相も最近になって脱原発に転向し、以来あちこちでセンセーショナルな発信を続けているのだが、こちらはさらに政治的な思惑が透けて見え、なかなか生臭いことである。

とはいえ、都知事選でのこの両者の登場の唐突さは、また別のことも私に考えさせた。かつてそれぞれに一世を風靡した両者であるが、二人でタッグを組めば勝利できるという皮算用は何にもとづいたものであったのだろうか。結果から振り返るに、両者とも初めに時代や世論の実態を大きく読み誤ったことになるが、それではあれほど機を見るに敏だった手練の政治家がなぜ読み誤ったのか。結論から言えば、端的にこれが歳を取るということなのかもしれない。的確に働いていた観察眼があるとき働かなくなり、判断を誤る。十分に理解できていたことが理解できなくなり、混乱する。若いころに比べると、脳のレベルで感情の抑制もきかなくなる。そうしてときに暴走し、周囲の顰蹙を買う。

これは元首相二人に限らず、歳を重ねてゆく者すべてに当てはまる話である。そのとき人によって道が分かれるとしたら、自分が老いて判断力が鈍ったことを認識できているか否か、昔と同じようには出来ないことを分かっているか否かであるが、それこそが老いて一番苦労するところなのは間違いない。私自身、判断力や理解力についてはとうの昔に白旗を揚げたが、体力については〈まだいける〉と思うので、日々かなりのスポーツをする。そのうち骨折でもしたら目も当てられないことは頭で理解しながらも止められない。

人が欲望を抑えることをしなくなった現代社会は、人が上手に歳を取るのが難しい社会である。都知事選で老いてなお政治的野心を見せつけた元首相二人は、ある意味この社会と私自身の陰画だったが、一方では、惨敗後に世論が両者に浴びせた冷やかな視線は、同じく老いてゆく者としてはもの悲しくもあった。はて、なかなか尽きるものではない欲望と物理的老いの間で、ひっそり背筋を伸ばしていられる歳の取り方はないものだろうか。

木か、コンクリートか

京都新聞「現代のことば」二〇一四年四月十一日

先日、東日本大震災から三年を機に初めて東北三県の被災地を訪ねた。津波に襲われた沿岸部は、放射能汚染のために片づけが遅れている福島を除いて、どこも見事に更地になり、見渡す限り草と土の風景だった。それを眺めながら、なるほど、ほとんどが木造家屋の小規模な町や村だったからこそ、津波の跡がこんなふうに何もない原野になるのだということを考えた。鉄筋コンクリートのビルが林立する大都市では、仮に同じ規模の津波に襲われたときには、もっと違う廃墟の風景になるはずだ。

最近、取材がてら各地の古刹をめぐる機会が多いのだが、建立から千年とか数百年という寺はどこも、たいがい二度や三度は火災で消失して、そのつど再建されてきた歴史をもつ。考えてみれば、寺の屋根も塔頭も周辺の建物よりはるかに高いし、避雷針などない時代には雷が落ちたら最期だったことだろう。また、現代のような消火設備もないところでは、ひとたび火が出たら仏像や仏具を運び出すのに手いっぱいで、建物のほうは燃え落ちるにまかせるほかなかったのだろう。そしてまた、寄進を募って再建に取りかかるのだ。おそらく昔の人は、木造だから燃えるのは仕方がないと諦める一方で、木造だから建て直せるという思いもあったに違いない。

戦乱や火災で幾度も焼失してきたのは、京都の町も例外ではない。応仁の乱をはじめ、江戸時代の大火、江戸末期の蛤御門の変で町が焼き尽くされても、しばらくすると再建されて、そのつど町並みが整えられてきた。太平洋戦争下で大きな空襲にあわなかったことでビルが乱立する町並みにもならず、古い町家もほぼ元のサイズや風情を保つようにして建て替えられる。不謹慎な想像ではあるが、木造家屋のひしめく京都の市街地がもしも大地震や大津波に襲われたなら、どちらかといえば東北の被災地に近い風景が出現するのではないだろうか。もちろん、いったん更地に返っても木造家屋はまたすぐに建て直されるし、東北の沿岸部と違って人口も多い京都では、何もないいちめんの更地が見られるのはほんの短い間だけだろう。

ところで、鉄筋コンクリートのマンションを除くと、私たちの住まいはおおむね木造ゆえに建てては壊すことの繰り返しであり、欧米に比べて住宅の寿命の短すぎることが問題とされている。まだ十分に住める家を壊して新築するのは、たしかに資源の無駄遣いではあるし、CO_2を余計に排出していることにもなるだろう。けれども、簡単に壊れたり焼失したりする代わりに簡単に再建もできる日本の町並みというのは、自然災害の多い国土に住む私たち日本人が培ってきた、究極の合理性ではないだろうか。しかも木造家屋の残骸は焼却できるが、鉄筋コンクリートや石は処分するにも手間と費用がかかり、再建の足かせになる。この地震国で、私たちはもっと木造家屋の町並みを誇っていいと思う。

八%がもたらす歪み

読売新聞「寸草便り」二〇一四年四月二十二日

消費税が上がった。値の張るものは三月中に買っておこうと人なみに考えはしたものの、とくに欲しいものが思い当たらないまま四月を迎えてしまった。おかげで日々、買い物のたびに八%は大きいと実感しているところである。

今回の増税の風景は過去のそれとは様子が異なる。サラリーマンの平均所得はほぼ四半世紀前の水準にまで下がっているし、非正規雇用に至っては正規雇用の四割ほどの所得しかない。この春、大手企業に勤めるサラリーマンは給与が若干増えたようだが、おおかたの庶民は、いまよりもっと財布の紐を締める以外に打つ手がない。

いや、紐を締めることのできる人はまだいいのかもしれない。これ以上節約のしようもない低所得層は、食事の質を落としたり、医者にかかるのを我慢したりするのだろう。これまでも預かった消費税分を運転資金に回してきた零細な事業者は、消費税が八%になって実入りが増える分、ますます泥沼にはまるのだろう。こうしてまた、この国の生活格差が大きくなってゆくのだ。同じ国の国民でありながら、八％の消費税など痛くも痒くもない富裕層と、スーパーの片隅で見切り品やタイムサービス品をあさるほかない低所得層では、住んでいる世界がどれほど違うことか。

住む世界があまりに離れすぎると、互いに相手の世界が視界に届かなくなる。視界に入らないものは存在しないのと同じであり、存在しないものについては意識することも考えることもない。消費税八％がもたらす歪みは、こうした社会階層の分断のおかげで顕在化することもなく、結果的に受容されたかたちになるのだが、受容がやがて慣れに変わったとき、そこに出現するのがさらに進んだ貧困の風景であるのは間違いない。

とはいえ、これはもはや高い経済成長が望めなくなった一方で社会福祉の支出が増大し続ける先進国に共通の、重税と沈滞と格差の風景なのだ。少子高齢化と人口減少が進む日本はその先頭を走っているだけで、先々さらなる増税こそあれ、税負担が軽くなることはない。財政赤字を国債で埋め合わせようにも、国債の発行残高に占める日銀の保有比率はどんどん高くなっていて、国債の信用を考えれば、日銀がこのまま大量に国債を買い続けられるのもあと数年だと言われている。そのときは財政破綻か、予算の強制的な削減しかないが、どちらにしても国民の負担はますます増え、暮らしは一層厳しくなるだろう。

結局、経済成長の終わった先進国に暮らす私たちは、増税を受容して何とか暮らしてゆくほかないのだが、受容と黙認は違う。たとえば税金の使い途は適正だろうか。今回の消費税増税は、そもそも社会保障費の増大に対応しながら財政再建を進めるために行われたはずだ。ところが国家予算は相変わらず膨脹し続けているし、医療制度の見直しもほとんど進まず、逆に復興特別法人税の前倒し廃止が決まったり、法人税減税が俎上に上ったりする始末ではないか。いったい何のための消費税増税だったのか、八%のうわついた騒ぎに躍っただけで政治のルーズさに怒ることもしなかった私たちは、まだどこかで根拠のない甘い夢を見ているに違いない。

絶望のかたち

「図書」二〇一四年五月号

内戦が続くシリアや、暴力の応酬が続くパレスチナなどの状況は日本人にとって遠いものでしかないが、想像するに、暴力や死が日常になっているとすれば、そこでは絶望もまた日常になり、個々人の身体感覚になっていることだろう。東京の図書館や書店で『アンネの日記』を破ったとして逮捕された人などは、絶望がそうして個人の身体感覚となり、民族の記憶になるような悲劇的状況の存在を日本人に教えてくれたのがアンネ・フランクであったことを、知るはずもない。

ちょうど東日本大震災から三年の節目に、初めて被災地を訪ねてみた。放射能汚染のために未だに流された船舶や車が放置されたままの福島の沿岸部や、人の消えた広大な更地に無数のブルドーザーとダンプカーだけが行き交う岩手の沿岸部など、復興の現状はさまざまだが、肝心の被災者たちは仮設住宅や他県へ移り住んでおり、そこにはいない。そのせいだろう、家族を失い、財産も仕事も将来の見通しも失った人びとの絶望はかたちもなく、あるのはひたすら巨大な土木工事の喧噪、もしくは人間の暮らしの気配もない海風と原野だけなのだ。それを眺めながら、よそ者の私はふと、数十万の被災者たちの絶望はいま、どこで、どんなかたちをしているのかということを思った。絶望は個々人の心身に身体感覚として刻まれてはいるだろうが、共同体や土地の集合的な記憶になっているのか、それともなっていないのか、と。

ある時代のある土地に起きた未曽有の出来事は、まず個人の身体体験になり、それが集まって共同体の体験になり、さらにその二つが共振し合うことで記憶は深く根を下ろしてゆく。十九年前の阪神・淡路大震災の被害は地震による倒壊と火災に留まり、住民が土地から一掃されるようなことはなかったので、かろうじて被災地の記憶のようなものは残っているのだが、東北では住民がちりぢりになってしまい、個々の絶望もまたちりぢりになって集合体にならない。人のいない原野は復興に名を借りた公共事業の草刈り場になり、震災の絶望の記憶は留まるすべもない。そしてたぶん、故郷を遠く離れて避難している被災者のほうも、故郷を再建するという能動的な意思を持とうにもそんな力はなく、結果的に国や自治体を頼るだけとなっているために、絶望のいくらかは、望むような援助や復興がなされないことへの不満へと変質しているのである。公共サービスが発達した近代国家では、どんな大災害も復興の期待で被災者を宙づりにし、個人の心身においてさえ、絶望は絶望になりきれないのかもしれない。

想像もしていなかったこと

「図書」二〇一四年六月号

かの福島第一原発事故が起きたとき、関係者たちは「想定外」を連発して国民の怒りを買ったものだが、当事者能力の欠如や無責任の誹りは免れないとしても、彼らにとって原発の重大事故は、確かに想像もしていなかった事態だったのかもしれない。もちろん市井の私たちも、メルトダウンなど想像したこともなかったし、実際に起きてみるとなかなか現実の出来事として受け止められなかったのは記憶に新しい。

人間は、安全や安心のために日々多くの予測を立てながら生きている。その上で、万一に備えて周到に準備をしたり、可能性のあるリスクをあらかじめ回避したりするのだが、人間の予測能力や想像力には偏りや限界があるし、想像もしていなかった事態に遭遇するのは、ままあることなのかもしれない。振り返れば私自身、四十年前には一つ下の弟がある日突然、脳腫瘍で余命一年を宣告され、父母が倒れたときも同様だった。人は誰でも病気になるのに、実際にはそれは唐突にやって来て、生活のすべてがひっくり返る。

あるとき市井の想像を超えてゆくのは、時代の状況も同じである。たとえばこの二十一世紀に、ロシアがウクライナ領のクリミアを併合するようなことが現実になろうとは——。国連の安保理やEUの外相会合で欧米各国の代表が右往左往している状況を眺めながら、二十世紀の二つの大戦や太平洋戦争の前夜はこんなふうだったのだろう、などと想像したりするのは、二十世紀半ばに生まれて多少なりとも戦争の時代の残り香ぐらいは嗅いでいる世代の杞憂だろうか。

それにしても、自国民の保護を名目に軍事力で他国の領土を併合するという帝国主義の論理がいまどき現実にまかり通ることを、欧米各国も日本も想像だにしていなかったように見える。想像できなかったのは、国境を越えて経済的に依存し合う今日のグローバル世界を、旧来の帝国主義が易々と踏みにじってゆくこと、そのことである。あるいは、そんなことはたぶん起こらないという根拠のない希望的観測をもって地政学的なリスクに眼をつむらない限り、グローバル世界など標榜できないということなのだろうか。

かつて、未来に行けば行くほど人類は賢くなって諸問題は解決に向かい、世界は平和になってゆくだろうと信じていた私はかの九・一一とともにいなくなったけれども、未来を悲観しながらも、原発の重大事故や、軍事力を誇示する帝国主義の台頭などを想像できなかったこの頭は、まだどこかで明るい未来の幻想を捨てられないでいるのかもしれない。

人口減少の現実

京都新聞「現代のことば」二〇一四年六月十日

先日、有識者の民間組織が、二〇四〇年の地方自治体の人口推計から、全国一八〇〇市区町村のうち約半分の自治体の存続が難しくなる、との試算結果を発表した。東京への若者の集中がやまず、合計特殊出生率も低い状態が続いた場合、二十歳から三十九歳の女性の人口が二〇四〇年に五割を切る自治体では人口の維持ができなくなる、ということらしい。推計の方法に異論もあり、必ずしも自治体が消滅するという話にはならないようだが、この国の人口減少が生活や経済、産業にとって深刻な問題であることだけは間違いない。

しかし、そうして人口減少の危機が叫ばれているかと思えば、リニア中央新幹線がいよいよ現実味を帯びてきて、停車駅の誘致をめぐって自治体の間ではいつか見た光景が繰り広げられている。時代状況が大きく変化したにもかかわらず、地元に新幹線の駅をという地方自治体の悲願が、東海道新幹線が開通した半世紀前と変わっていないのは、いったいどうしたことだろう。そういえば京都も、リニア新幹線の停車を要望しているが、仮に奈良にリニアの駅ができれば、奈良と京都がいま以上にセットになって関西の魅力が増し、奈良から京都へ足を延ばす観光客も一層増えるという計算は成り立たないのだろうか。

いや、それ以前に、危機的なレベルまで人口が減るとわかっているところへ、九兆円とも言われる建設費用をかけて、東京一極集中をさらに加速させるだけのリニア新幹線を通すこと自体、非合理そのものだろうに。国も自治体も、十年一日ならぬ五十年一日のありえない夢を見ていると言うほかはない。

それにしても、人口減少はここへ来て、人手不足というかたちでリアルな生活の危機となりつつある。東日本大震災の被災地では復興のための公共工事の入札が、人手不足と人件費高騰で応札できないケースが増え、人気の格安航空会社はパイロット不足で減便に追い込まれ、サービス業でもアルバイト店員の確保ができずに店舗を閉める飲食店が出てきている。だからといって新卒者の就職活動が楽になったわけではなく、正社員の労働時間も減っていないことから考えると、深刻な人手不足の正体は、低賃金で雇えるアルバイトや非正規雇用の働き手の不足だろう。従来正社員であった働き手が、企業のコスト削減のために非正規社員に置き換わっていることが、人手不足に拍車をかけているに違いない。

そしてここでも、人手不足が叫ばれているわりには、女性の社会進出を促す保育施設の充実やワークシェアリングの導入はいっこうに進まず、中高年の再就職も困難な状況が続いているのである。思うに人口減少も人手不足も、この国が人間をたんなるコストとみなしてきたことの帰結である。採算が取れないと言われつつ導入されるリニア新幹線は、常識的な運賃設定ではとうてい建設費をまかなえないことになるが、最終的に帳尻を合わさせられるのも私たち働きアリなのか。

楽観と無為の間で

読売新聞「寸草便り」二〇一四年六月十九日

時給一五〇〇円でも深夜働くアルバイトが確保できず、大手外食チェーンが次々に店じまいする、そんな時代が来ているらしい。巷の学生たちが高額のアルバイトに見向きもしないほど豊かなはずはない以上、単純な人手不足では説明のつかない構造的かつ急激な変化が、この社会に訪れているのかもしれない。

しかしながら、社会の大きな変化を肌で感じながらも、どこがどう、といった具体的なかたちはいっこうに見えてこない。それどころか、薄明るい景況感ばかりが前面に押し出され、私たちの気持ちを妙に浮わつかせている。

だからだろう、新聞を開けば、誰しも政治や外交の抜き差しならない動きや、市井の凄惨な事件や子どもの虐待死などに悄然となるものの、その同じ人間が、新聞を閉じるやいなや速やかに日常生活に戻ってゆくのである。それればかりか、いまは初夏の行楽シーズンでもあるから、休日は人気の観光スポットはどこも大入り満員で、グルメに買い物にと私たちの気分も財布の紐も緩みっ放しである。

　そういえば、消費税増税前には私を含めて多くの人が暗い予想を立てたが、蓋をあけてみれば予想に反して緊縮ムードは一部に留まり、いわゆるデパ地下などの華やかさは少しも変わらない。一部の資産家を除けば平均的なサラリーマン家庭の可処分所得は確実に減っており、生活は厳しくなっているはずなのに、どこからか手品のようにお金が湧いてくるのだろうか。

　いや、お金はどこからも湧いては来ない。これはたんに、少なからぬ数の日本人が将来に備えて貯蓄することを止め、人生を楽観し始めた光景なのだと思う。割のいい飲食店のアルバイトに見向きもしなくなった学生たちも、特段の理由があるというよりは、きつい仕事を嫌うようになったことと、しゃにむに働いてまで買いたいものもない、ということだろう。

　こうして好景気のゆるい気分だけが社会を覆う一方では、そこはかとない不安が私たちのこころを蝕んでいるのか、社会生活や家庭での人間関係や、ソーシャルネットワーク上のちょっとしたすれ違いが、一気に膨らんだり爆発したりして、社会を間断なくざわつかせてもいる。たえず慰みに生贄が作りだされ、消費され捨てられる、そうした膨大な非生産的時間に押し流されるまま、私たちはシニカルなクールさを装って生きているのである。

　そこには、たとえば同盟国のために戦争ができる国になることについての、真剣な自問自答もない。代わりに、まあ仕方ないんじゃないのと控えめな支持を示してすませるのだが、実際それ以外に為すすべもないのが本音でもあろう。

またそこには、考えること自体に背を向けている自分自身への、少々投げやりな自嘲や開き直りとあきらめが張り付いているのだが、これが従来とは趣が違う点である。ありていに言えば、一生活者といえども完全に無関心ではいられない、なにがしかの切実さが確かに時代の空気のなかにあるということである。

現在の自分の生活がひっくり返るような大事は起こらないという根拠のない楽観と、仮にそうでなくとも運を天に任せるほかない無為の間で、私たち日本人は今日も浮遊し続けている。

「生きた」と「死んだ」

「図書」二〇一四年七月号

北陸のとある地方紙に『ひとが生きた』と題された小さな連載があるという話を、ご縁のある真宗の僧侶から聞いた。死んだ家族について、残された遺族がこんな人だったと故人の思い出を簡潔に綴るものだというが、死によって〈いま〉と切り離された故人が、「生きた」という言い方一つで、遺族の〈いま〉と接続するということにハッとさせられた。

「生きた」という過去形は当然「死んだ」という意味を含んでいるが、「生きた」と「死んだ」では受ける印象が大きく違う。「生きた」故人は、遺族のこころに息づくことによって瞬時に「生きている」に変わり得るが、「死んだ」はもはやそれ以外のありように変化することはない。死者は死者だけれども、生きている私たちとともに在るも、切り離されて在るも、私たちの言葉一つにかかっているということだ。さらに言えば、故人を「死んだ」ではなく「生きた」と捉えるこの発想こそ、仏教の思考回路というものである。

その同じ僧侶から、もう一つハッとさせられる指摘を受けたので、記しておく。かの阪神・

淡路大震災のあと、私の心身に大穴があいたという話について、その人曰く、大穴は初めからあいていた可能性もある、というのだ。すなわち震災の衝撃で穴があいたのではなく、震災の衝撃でこれまで気づかなかった穴に初めて気づいたのではないかというのだが、これも「生きた」「死んだ」と同じ発想の転換ではある。

たしかに、仏教の考え方に立って人間を無明の存在と捉えるなら、震災に遇う前から私の心身には大穴があいていたと考えるほうが理に適っていよう。しかし一方で、震災に遇って初めて大穴に気づいた以上、それが震災の前からあいていたのか、それとも震災の衝撃であいたのか、私自身は知りようのないことである。従って、くだんの指摘については正解を留保する以外にないが、それにしても発想をひっくり返されることでまったく違う世界が開け、ものの見え方が百八十度変わるのは、ときに自身の存在が足下から揺らぐことを意味する。仏教の思考は、往々にして私たちにそうした発想の転換を求めてくる点で、なかなか恐ろしいと思う。

そういえば右の僧侶によれば、親鸞が終生貫いた非僧非俗も、「いずれの行も及びがたき身」ゆえに僧に徹しきれなかったという意味ではなく、そういう愚身が僧になってはならないという意味での非僧非俗の厳守であった由。ここでもまた一般の見方がひっくり返されているのだが、それにしても仏教のレトリックはなぜこうも一筋縄でゆかないのだろう。

二〇一四年の人工知能

「図書」二〇一四年八月号

八〇年代の早い時期から、仕事でもプライベートでもずっとコンピューターに親しんできた。当時もいまも、私にとってはあくまで道具ではあるのだが、年々高性能になってゆくおかげで、いつの間にか、パソコンがなくては生活が成り立たないほど生活に入り込んでしまっている。こんな道具はほかにない。否、多くの現代人にとって、スマートフォンやタブレット端末はもはや道具ではなく生活の一部であり、皮膚のように感じられているのではないだろうか。

しかしそうは言っても所詮、機械は機械、0と1の演算は演算だろう。つい先日までそう思っていたのだが、そんな近代の頭を、二十一世紀の技術の驚異的な進歩はあっという間に超え出ていった。六月七日付の朝日新聞の朝刊によると、ディープラーニング（DL）というプログラムでは、コンピューターがまさに情報を呑み込み、学習する。人間が施したプログラムに従って情報処理するという基本は従来の人工知能と同じでも、処理の方向性が根本的に異なっている。すなわち、入力された情報一つ一つを文法に従って処理するのではなく、無作為かつ大量に情報を呑み込むなかから、逆に文法を見いだし、意味付けをしてゆくらしい。いわゆるビッグデータの活用と同じ発想だが、これはこの半世紀、人間がひたすら進歩させてきた情報処理技術の到達点である。

コンピューターの演算能力の向上は、この先もおそらく留まるところを知らないだろう。先のSTAP細胞騒ぎがそうであったように、科学技術自体が自らを律することはない。それはどこまでも人間の役目なのだが、当該のDLをめぐる昨今の動きを伝える新聞記事が衝撃的だったのは、こうしてコンピューターの知性が軽々と人間の知性を超えてゆく世界が、絵空事ではなくなったと結論づけられていたことである。コンピューターの知性が人間のそれを超えるということは、端的に、人間がコンピューターを制御できないということを意味する。記事を読みながらにわかには趣旨が呑み込めず、やがて茫然となったことだった。

長く生きていても、心底驚愕するような事柄に出会うことはそれほど多くはない。私の場合、そうした経験の最初は、バブル崩壊とともに明らかになった日本経済の三流ぶりと不良債権問題だった。次いで阪神・淡路大震災。アメリカの同時多発テロ。東日本大震災。集団的自衛権の行使容認論。そして、このDLをめぐる今日の状況である。私たちはいったいどこへ向かって突き進んでいるのだろうか。

近景と遠景

京都新聞「現代のことば」二〇一四年八月十三日

アメリカの富裕層向け旅行雑誌の人気観光都市ランキングで、今年は京都がフィレンツェやローマを抜いて第一位になった由。快速電車で二十分の大阪に住む者にはいまひとつピンとこない話だが、なるほど太平洋を隔てて眺める京都は、神社仏閣や日本庭園や京料理、芸妓といった魅力的な記号に彩られた東洋の代表的都市ではあるのだろう。もっとも、それは観光の対象となる、いわば遠景としての京都である。

一方、そこに暮らす生活者にとっての、近景の京都もあるのだが、街じゅうに世界遺産があふれているような観光都市において、観光客が眺める遠景と生活者が触れる近景は、どんなふうに接続されているのだろうか。たとえば花街をゆく芸妓さんは、観光客にとってはこれぞ京都というシンボルとして記念撮影の被写体になるが、実際に芸妓さんとお茶屋で遊ぶのは、以前は京都の旦那衆といわれた。

言い換えれば、そこでは遠景と近景が断絶しているのだが、京都の風景の代表である仏閣も同様である。たとえば市の中心にそびえる東寺の五重塔も金堂も講堂も、いまや観光客の被写体であって、信心深い近隣の住民たちは早朝、御影堂のほうで営まれる勤行に黙々と集まり、手を合わせる。こうした遠景と近景の断絶が京都に比較的多いのは、いくらかは観光都市ならではの宿命だろう。

しかし一方で、京都の人は遠景と近景を接続させることにあまり熱心でないようにも見える。古くは平安京の昔から明治維新まで、長きにわたって朝廷という遠景に慣れ続けたゆえに、いつの間にか天皇がいなくなった空っぽの御所も、僧侶のいない観光資源としての寺も、自らの暮らしとは交わらない遠景として許容できるのかもしれない。まただからこそ、観光都市が成立するのだろう。

一方、筆者の住む大阪には、市民生活の近景のなかに、とんでもない異物を据えることで混沌をうみだす才がある。たとえば、おとぎの国のお城のような大阪市・舞洲のごみ処理場である。あれが出現したときは、さすがの大阪人も仰天したものだが、冷静になってみると、確かに大阪人は京都人のように自分たちの近景を不可侵のものとは思っていない。遠景と近景が乱暴に混じり合うことに抵抗感もない。だから、自分たちの日常の近景に観光客を招き入れるし、ときに例のごみ処理場のような異物を造ったりもするのである。その意味では、梅田スカイビルの空中庭園やユニバーサル・スタジオ・ジャパンなどは、むしろ大阪には珍しい正統派の遠景と言えるかもしれない。だからだろう、大阪ではどちらの施設も日ごろはさほど話題にならない。

もっとも、近い将来カジノを誘致して外国人観光客を本格的に呼び込もうというのであれば、大阪人はまず、京都のように遠景と近景を峻別するすべを学ぶのが先だろう。カジノこそ、生活と密着した日常の風景とはいかにしても混じり合えない異物だからである。

足下の幸せ、どこまで

読売新聞「寸草便り」二〇一四年八月二十一日

今夏はお盆と台風が重なり、夏休みの子どもたちは少し可哀想だったが、熱中症の心配を除けば、今年も日本国内は例年と変わらない夏模様が続く。しかも、景気がわずかに上向いている上に、大阪はちょうどユニバーサル・スタジオ・ジャパンに登場した『ハリー・ポッター』のアトラクションが話題となっている折でもあり、ホテルの稼働率も上がって、大人たちの生活にはいつになく活気もある。あまりあれこれ考えず、自分の生活圏に留まって暮らしている限り、日本人はおおむね今夏も幸せだということだ。

とはいえ、ふとした拍子にこの足下の幸せがどこまで確かなものであるのか、急に不安になってくるのは私だけだろうか。先月は、ロケット砲やミサイルの応酬が止まないパレスチナのガザ地区に、ついにイスラエル軍が戦車を連ねて侵攻した。ここへ来て、これまで曲がりなりにも働いてきた停戦のための仲介の枠組みが機能しなくなったということか、砲弾の下で毎日多くの子どもが死んでいる。日本人には直接関係のない戦火ではあるが、崩壊寸前のイラクやシリアを含めて、世界が少しずつ暴力の歯止めを失いつつある今年の夏でもある。

そういえばウクライナ上空を飛行していたマレーシア航空の民間旅客機が撃墜された惨事も、人道が通用しない世界の出現と国際社会の無力を突き付けるものであり、平和な日本の夏の賑わいが幻のように感じられた出来事だった。

いや、日本は確かに平和ではあるが、最新の厚労省の統計では子どもの相対的貧困率は一六・三%に達し、実に六人に一人の子どもが貧困にあえいでいる計算になる。全世帯の可処分所得の中央値の半分(平成二十四年は一二二万円)に満たない所得で暮らす世帯では、満足に食事も摂れない子どもたちが、学校給食のない夏休み中に痩せてしまうという話も聞く。空港の国際線ロビーを賑わせる親子連れの姿は私たちの眼に触れるが、同じときにどこかで空腹に耐えている子どもたちの姿は、私たちの眼に届かない。

結局これは、社会政策としての再分配が高齢者医療などに偏り、子どもの福祉に届いていないことを意味するが、その根本的な是正をせずに放置したまま、国は少子化対策として女性に妊娠を含めた人生設計を促す女性手帳の導入などを掲げてみせる。日々暮らしてゆくのに手一杯で子どもを産むどころではない女性たちや、貧困を己が身体で知ってしまった子どもたちの眼に、この夏空はどんなふうに見えていることだろうか。

そして盛夏と言えば、何を置いても広島・長崎への原爆投下と終戦記念日である。六十九年という年月は、いまや子どもたちには祖父母の年齢をも上回り、なにがしかの現実感をもてる近さではなくなってしまった。大半の日本人が戦争を知らない時代となった今日、リアルな記憶は失われ、実感もなければよく知りもしない戦争は、日本人にとって、もはやひとときの内省さえ難しい記号なのである。

記憶の風化と消滅はおそらく誰にも止められない。私たちが戦後史に訣別して今年ついに集団的自衛権行使に踏み出したのも、むしろ歴史の自然な成り行きに身を任せただけなのかもしれない。

二〇一四年夏の仮想世界

「図書」二〇一四年九月号

Jリーグが誕生して二十一年。いつの間にか日本のサッカーのレベルもずいぶん上がり、W杯へ出場したり、日本人プレーヤーが個々に世界のクラブチームで活躍したりするようにもなった。もっとも、だからといって日本のサッカー全体が世界の強豪と肩を並べたということではないだろうし、今夏のW杯ブラジル大会での日本代表の試合結果を見ても、世界で上位を狙うにはまだまだ時間がかかりそうである。

どんなスポーツも、試合では運・不運があり、予期せぬ番狂わせもあって、必ずしも実力通りの結果にはならないものだ。それでも、ネットやメディアにはまことしやかに勝敗の事前予想が飛び交い、さまざまにお祭りムードが演出されて、あたかも日本じゅうが沸いているような錯覚がつくられる。実際には、沸いているのは一部のサッカーファンや協賛企業に過ぎず、その熱狂は現代のメディア環境下で増幅された仮想世界の熱狂であって、テレビやネットを離れると熱狂も消える。言葉を換えれば、日本人とサッカーの関係は、Jリーグが定着したといっても、依然その程度のものだということだが、私たちにそういう自覚はあるだろうか。

たぶん、W杯やアメリカの大リーグに沸く近年の日本の姿は、この国の生活経済の停滞と軌を一にしているのだろう。いつぞや優勝力士に向かって「感動した」と一国の首相が豪語したように、日常のあちこちで感動や熱狂が求められ、つくられ、消費されてゆく。そうした熱狂は短命ゆえに幻想と大差なく、現実との乖離や勘違いを再生産し続けるのだが、困ったことに、短命ではあってもその瞬間だけは社会を覆い尽くしてしまう。

ちょうど六月の後半、日本じゅうを沸かせたW杯ブラジル大会の影に隠れるようにして、集団的自衛権行使容認の閣議決定に向けた与党協議が進んでいたのだが、それを眺めていたときの私の気分は、虚脱感よりもっと現実感のない、放心に近いものだった。日本人のサッカーへの熱狂が仮想なら、首相が力説する集団的自衛権行使の必要性も、安保法制懇も、はたまた私たちの頭上で繰り返されているという日中の戦闘機の接近も、どれもこれも一市民の眼には見えないという意味で、ひたすら仮想の世界である。仮想の高揚と仮想の恐怖の間で、政治家たちが仮想の国防論を弄ぶ。そこでは国家が守るとされる国民の生命財産もまた仮想でしかない。

仮想でないのは、今夏、自分がこの空恐ろしいゲームの傍観者になったことである。

この夏に死んだ言葉

「図書」二〇一四年十月号

この国の集団的自衛権行使容認の閣議決定を待っていたように、世界各地の武力衝突が最後の歯止めを失いつつある。パレスチナのガザ地区では、イスラエルとハマスの戦闘開始から一か月足らずで犠牲者の数が一八〇〇人を超えたと報じられているほか、国家がほとんど分裂状態となっているらしいイラク、親ロシア派との戦闘が続くウクライナ、一万人以上の反体制派が拷問死させられていることが報じられたばかりのシリアなど、遠く離れた日本にあっても思わず天を仰いでしまうほどの惨状が続く。

もっとも、ひたひたときな臭い気配が迫っているとはいえ、私たちの足下には当面差し迫った危機があるわけではない。そんな平和な先進国で思い巡らせる不安など、いざというときに備えた予行演習ですらなく、ひまつぶしの誹りを受けても仕方がないかもしれない。現に、静かな書斎で私がこんな長閑なコラムを書いている最中にも、紛争地域では女性や子どもたちが為すすべもなく銃撃戦や爆撃の犠牲になっているのだ。その厳しい現実を、先進各国も国連も、私を含めた一般市民も、もはや正面から捉えるすべを失っているように見えるのは私の杞憂だろうか。この私が、自身の無気力の言い訳にしているだけだろうか。

ウクライナ東部で民間の旅客機が撃墜されたときも、世界の反応はもどかしいほど鈍く感じられた。ウクライナとロシアの間の地政学的・歴史的な事情が働いているにしても、実質的にロシアの武力によるクリミア併合を世界が看過したのは、いったいどういう理由だったのだろうか。第二次大戦後の世界各国は唯一、「人道」を共通の旗印にして、かろうじて結束してきたという私の認識は、誤っていたということだろうか。イスラエルとアメリカの特別に密接な関係は周知のこととしても、女性や子どもを一八〇〇人以上も犠牲にするような事態を起こしている当事者たちはなぜ「人道に対する罪」に問われないのか。シリアで行われたとされる一万人以上の反体制派への拷問死は、なぜ問われないのか。

マレーシア航空機が親ロシア派に撃墜されたとされる事件も、少し前なら国際的な非難の声はもう少し高かったのではないだろうか。旧セルビアのミロシェビッチ元大統領やカンボジアのポルポト派が、国際戦犯法廷や特別法廷で「人道に対する罪」に問われたのは、たんに欧米各国による恣意的なポーズだったのだろうか。この夏の世界情勢を眺めるに、「人道」は死語になったのだと思う。

大雨に思う

京都新聞「現代のことば」二〇一四年十月十五日

夏が過ぎてみれば、日本各地で「観測史上初」の記録が並ぶ異常気象だったことが数字で裏付けられ、なるほどと納得するのだが、大雨や土砂災害で大きな被害に遭った地域では、誰しも「どうして自分のところだけが」と天を仰ぐほかないことだろう。

実際、近年の豪雨は局地的に降るようで、一時間に一〇〇ミリを超えるような豪雨が降っている町があるかと思えば、隣町では晴れていたりする。おかげで、テレビのニュースが京都市内や福知山市に記録的短時間大雨情報などと伝えるのを聞いて、大阪の人間はびっくりすることになるが、だからといって大雨に降られている地域も、その隣で自分のところはどうなるかと天を仰いでいる地域も、どちらもひたすら雨雲が去るのを待つほかはない。側溝があふれ、畑や田んぼが水を被り、家屋に水が押し寄せ、道路が川になるのを、じっと見ているほかないのだ。スマートフォンを駆使する快適な生活や、華やかな観光都市の日常との、なんという落差か。

長年の経験値では推し量れない「観測史上初」の大雨の多発は、こうして堤防や下水道が整備された先進国の日本のあちこちに、開発途上国のような光景を出現させるのだが、これはもはや政府のいう「国土強靭化」で対処できるような次元の話ではないのではないだろうか。百年に一度の大雨が日常になってしまうと、これまで営々と整備してきた砂防ダムや堤防が用をなさなくなる一方、これをさらに巨大なものに造りかえるのは、東日本大震災の被災地で問題となっている巨大堤防の是非と同じく、多くの場合、非現実的である。私たちはたぶん、暮らし方とともに人生観そのものを見直さなければならない地点に立っているのだろう。

この夏、私の住む地域のすぐ近くでも一時間に一〇〇ミリの局地的な大雨が降り、私自身も息ができないほどの雨というのを経験したが、一言で言えば恐怖だった。崩落するような山の斜面もなく、溢れるような河川もない恵まれた住宅地だが、それでも十分すぎる恐怖を味わい、いまさらながらに自然と比べて人間の存在の小ささを思った。大雨の下で水があふれ、山が崩れ、家や道路が押し流されるのを、まさに見ているほかないのが人間の身の丈というものだとすれば、私たちはもっと自然を恐れて生きるべきなのだろう。砂防ダムや堤防といった技術力で、自然を制圧できるなどと思ってはならないのだ。

そして、そうであれば、いざというときに速やかに危険から逃げられるような暮らし方が求められるのだろうが、堤防より低い土地や山間の崩落危険地域であっても、先祖伝来の暮らしをそう簡単に捨てられるものではない。結局、声高に安心安全を叫ぶよりも、自然を正しく恐れ、大雨が来れば家や田畑が押し流されることも覚悟しながら、そのときはそのときと思い定めて柔軟に生きてきた先祖たちに倣うときなのかもしれない。

情報過多　招く慢心

読売新聞「寸草便り」二〇一四年十月二十一日

この夏、東京の真ん中でデング熱が発生したときには驚いたものだが、少し冷静になってみれば、これだけ海外との行き来が日常となっている今日、人を介してウィルスが国内に入ってくるのは不思議なことでも何でもないと納得がゆく。また一説には、もうずいぶん前からウィルスは日本に入っていて、デング熱にかかる人も出ていたが、そうと診断されずに今日まできた可能性もあるそうだ。

それにしても首都圏でのデング熱騒ぎを地方から眺めていて、代々木公園で蚊に刺されるということに、新鮮な驚きを感じた。いくら大都会の真ん中でも、植え込みや樹木のある公園に蚊がいるのは当たり前だし、そこへ行くのなら虫よけスプレーや長袖の上着は必需品のはずだが、首都圏の人はそうではなかったらしい。高層マンションに住み、外の移動は車や電車という都会生活では、蚊に刺されるということ自体が非日常であり、公園で蚊に刺されても、そのとき限りの不快感で終わってしまうのだろう。

そんなところへいきなりデング熱と言われても、あわてたのは役所だけで、私の知る限りでは、依然として大人から子どもまで、残暑のなか肌を露出させて歩いている人が多かったように思う。現代は情報がいくらでも得られる一方で、それに即応するだけの身体の実感が伴いづらい時代だということである。

加えて、次から次へと押し寄せる新しい情報が一つ前の情報を押し流し、どんなに重大な出来事であっても私たちはすぐに忘れ去る。広島の豪雨災害の悲惨さに、他人ごとではないと頭を垂れたのも束の間、戦後最悪の火山災害となった御嶽山の噴火で新たに言葉を失ってしまうと、そのときはもう、広島の土砂災害はどこかに埋もれてしまっているのだ。頭の整理がつかないうちに次の出来事が起きるからだろうか。あるいはどの出来事も、当事者を除けば己が身体に刻まれるわけでない情報に留まるからだろうか。どちらにしろ、これではなにがしかの教訓といってもなかなか身につかず、自分は安全圏にいるという慢心とともに、その教訓すら忘れてゆくことになる。

その一方で、新型肺炎（ＳＡＲＳ）の騒動がそうだったように、ひとたび何かが起きると私たちは過剰な反応をしがちでもある。ウィルスが飛沫感染で広がり、致死率も高いといった情報が素早く行きわたる環境と、清潔すぎるほど清潔な生活環境の二つが揃っているこの国ならはのパニックである。

西アフリカではエボラ出血熱の死者が四五〇〇人を超え、こちらは先進国とは逆に、情報量の少なさが感染の封じ込めを難しくしている。とはいえ現地では、そもそもエボラ出血熱は、ときどき突発的に流行する恐ろしい風土病の一つというぐらいの認識だったはずだ。それが人の行き来を介して欧米に飛び火しつつある現在、先進国はグローバルの名の下に世界各地に資源を求める自らの欲望が過剰であったことに気づきつつある。

ところでデング熱も、世界で毎年多くの死者が出るが、医療の進んだ日本では、外出時に虫よけスプレーを使えば済む話である。公園を封鎖してまでウィルスを拡散させまいとするのは、たぶん過剰反応なのだと思う。

歴史を書き換えられて

「図書」二〇一四年十一月号

先般、慰安婦についての自社報道の一部が虚構の証言に基づいたものであったことを朝日新聞がひとまず認めた件は、新聞の読者にも社会にも何とも言えない不全感を残した。

そもそも、工場や炭鉱などへの戦時中の強制連行については広く知られてきた一方、慰安婦がそれと同等の問題だという認識を、私たち日本人が八〇年代に入るまで持っていなかったことへの根本的な不全感がある。河野談話の当時、性にかかわる暴虐なのでこれまで被害者が公にしなかったと説明されたが、日本軍が中国などで行った女性や子どもへの暴行や殺戮と慰安婦の強制連行は、それほど異なる問題だろうか。なぜ朝鮮人慰安婦の問題だけ、私たちの誰も知らずにきたのだろうか。戦時中に自らが行った残虐行為を告白した元日本人兵たちの多くは、なぜ慰安所での所業は告白しなかったのか。性の処理は男性にとって当たり前の話なので、わざわざ告白するまでもなかったということだろうか。仮にそうだったにしても、慰安婦問題が詰まるところ私たちの父や祖父の話であることの後味の悪さもまた、拭いがたいものがある。

インドネシア占領時にオランダ人女性を強制的に慰安婦にした証拠は存在することから、一部にせよ旧日本軍による慰安婦の強制連行があったことは歴史の事実である。従って私たちはどんなに後味が悪くとも、旧日本軍がしたことを認めて謝罪はしなければならないのだが、そのことと「それでも広義の強制性はあった」という朝日新聞の主張は別の話である。その主張の根拠たる証言が虚構だった以上、少なくとも朝日新聞は、朝鮮半島の慰安婦の強制性については沈黙すべきであろう。そしてそうだとしても、慰安所での労働が過酷なものだったことに対する謝罪は、当然なされなければならない。強制連行の証拠がないのに強制連行があったとするのも、女性たちに謝罪をしないのも、どちらも私たち日本人の名誉にかかわる問題である。

それにしても最大の不全感は、くだんの嘘の証言が日本人の手によってなされたということである。歴史はたびたび書き換えられてゆくものだとはいえ、日本人の名誉を著しく傷つけるような歪曲は、国家国民に唾するものとしか言いようがない。そして、政府までが十分な調査を行わずに歪曲を放置し、新聞は虚構と認めつつ長年撤回もしなかった。この不作為と不誠実の根底にあるのは、結局私たち日本人の、歴史への向き合い方のあいまいさであり、真実を希求する国民全体の意思の不在ということなのだと思う。

イスラム国なるもの

「図書」二〇一四年十二月号

欧米を中心に、世界各国の若者たちがイスラム国を目指す。実際、最大で一万五〇〇〇人ほどが自国を出てイスラム国の戦闘員になっているというから、これは一つの社会現象と言ってもよい事態ではあるだろう。とはいえ日本人の例を見ても、自分の国と家族を捨てて砂漠の地へ赴くのが、必ずしも宗教的確信に基づいた行為ではないというところが、きわめて今日的である。西欧の価値観への懐疑にしろ、途上国を搾取する先進国という図式への反発にしろ、預言者ムハンマドへの傾倒にしろ、十代の少年少女たちまでがイスラム国に参加しようとして水際で保護されている現状は、どこか祝祭的であり、刺激を求めて流行の最先端を追いかける彼らのエネルギーは、新製品発売のたびにアップルストアの前に行列をつくる若者たちのそれと、少しも違わないように見える。

振り返るに、欧米や日本で学生運動が大きなうねりになった一九六八年、若者たちは毛沢東語録やキューバ革命の指導者チェ・ゲバラの肖像を掲げて社会変革を唱えていた。いまイスラム国を目指すのは、その世代のほぼ孫たちに当たる。どちらも体制への若者らしい不満や、掲げる理想が遠い異国の革命である点、具体性や現実味の乏しさなどの点で共通していると言えなくもないが、決定的に異なる点もある。六八年の学生たちは、毛沢東やゲバラを信奉しても、実際に北京やキューバに行くことはなかった。ひるがえっていまの若者たちはデモやシュプレヒコールといった行動の代わりに、いとも身軽に自分の足で国境を越えてゆくのだ。

イスラム国に参加する欧米の若者たちについては、ネットを駆使したイスラム国の宣伝と勧誘が功を奏していると言われているが、それ以前に考えるべきは、彼らが生まれ育った母国とその価値観を捨てる、そのハードルの低さだろう。言い換えれば、六八年の学生たちは自分たちの国家という意識ゆえに革命を唱えていたのだが、その孫たちにとって国家は端から帰属すべき意味を失っているのである。また、スコットランドやクリミアの例を見ても、国民であることに自らのアイデンティティを求めない心象は、国家が国民を幸せにしていないという感覚から来ているのだが、革命の下地であるこの感覚を、イスラム国が手っ取り早く昇華してくれるという幻想を、若者たちは持っているのだろう。

それにしてもイスラム国が、その戦士をかくも暴力と恐怖の支配に走らせるのはなぜなのか。彼らを殺人マシンにしているのは革命の高揚なのか、狂信的な集団心理なのか。

古都のリゾート開発

京都新聞「現代のことば」二〇一四年十二月十八日

京都市内の一部の地区が高級マンションや滞在型のリゾートホテルの建設ブームに沸いているという話を聞いた。東京に比べれば地価が安い上に、世界遺産の神社仏閣群と風光明媚な山々に囲まれた古都というステータスは、不動産開発業者の眼にはたいへん魅力的に映るらしい。しかも、これまで積極的な開発がされてこなかった穴場でもある一方、開発できる土地には限りがあるため、希少価値もある。ちなみに業者が狙う顧客は、東京と海外の富裕層のことである。

これも近年の観光ブームの一端ではあるのだろうが、かつて小中学校の修学旅行生がぞろぞろ列をなして歩いていた古都のイメージは、たしかに近年大きく変わりつつある。たとえば伝統的な町家の造りをそのまま活かした今風のおしゃれな雑貨店や飲食店の増加は、京都観光をスタイリッシュなトレンドに載せ、新しい価値観の創出に成功している。京都というネームバリューは少々高めの価格帯を可能にし、それがまた、むやみに人が押し寄せることによる街の猥雑化を防ぐ一方、若い世代を京都に呼び込んでもいる。

加えて京都には、近年の仏像ブームや、写経や座禅体験など精神的な癒やしへの旺盛なニーズもある。古い町並みが次々に新たな価値をもつことで、旧来の京都観光ではない二十一世紀のＫＹＯＴＯ観光――まさに横文字の表記にするほうが似合う――が、いまや主流になっているのである。

しかしながら、こうして商業的価値を高められた古都は、観光地として洗練されればされるほど、その歴史的文化的意味を薄れさせてゆくようにも見える。京都の著名な寺院が観光化して久しいが、癒やしのニーズとは裏腹に、これからますます信心も祈りもない、たんに古刹という風景と化してゆくのかもしれない。観光客の落とす拝観料があれば、堂塔伽藍の維持だけはできるし、そこに世界遺産のお墨付きがついたいま、歴史的建築物として存在し続けることを妨げるものはないからだ。

とはいえ、市内だけで約一六〇〇か寺を数える宗教都市京都の空疎さは、外から見るとかなり異様である。とくに海外の観光客は、二度三度と京都を訪れるうちに、市内で僧侶の姿をほとんど見かけないことに気づき、不審に思うだろう。これのどこが千年の長きにわたって守られてきた宗教都市なのか、と。世界遺産に指定されている古刹であれ、日々の修行や祈りの内実をもたない空っぽであることを知ったとき、彼らは京都に背を向けるのではないだろうか。彼らはあくまで、平安京の昔から仏教と神祇信仰で埋め尽くされてきた古都京都を訪ねてきたのであって、町家のおしゃれなカフェなどは眼中にないし、ましてやリゾート地に来たつもりもないはずだ。水族館やトロッコ列車を否定はしないが、古都京都を謳うなら、この先千年間を見据えた街づくりが必要なのではないかと思う。

有権者の「諦め」未来は

読売新聞「寸草便り」二〇一四年十二月二十五日

師走の衆議院選挙が通り過ぎていった。まさに乗る予定のないバスがどこからか現れ、あっという間に通り過ぎていったと形容するのが一番実感に近い。ほんとうに有権者をなおざりにした選挙だった。

個人的な話で恐縮ながら、選挙権を得て四十一年、今回の衆院選で初めて経験したことが二つあった。一つは選挙期間中、ついに一度も選挙カーが自宅周辺に回ってこなかったこと。そしてもう一つは、筆者の住む選挙区の立候補者が、自民党と共産党と維新の党の、たった三人だったこと。九つも政党があるのに、大阪の大きな選挙区で選択肢がたった三つ。これまで五つ、六つはあったのに。

日本の風物詩でもあった選挙カーでの立候補者の名前の連呼を一度も聞かないまま、いざ投票所へ足を運ぶと、今度は選択肢が少なすぎて選びようがない。政党が乱立しているわりに、どれも魅力にかけるとうそぶいてきたのがいまや懐かしい過去となり、選択肢が少なすぎて迷うこともできない事態に生まれて初めて青ざめたことだった。それにしても、衆議院選挙で立候補者すら立てられない野党の疲弊は、有権者の想像以上に深刻である。

そして、結果は事前の予想通りの与党圧勝となり、選挙前と何も変わらない勢力図に白々となるほかなかったのだが、有権者のこの不全感もまた深刻である。一つは選挙のたびに指摘されることだが、四割台の得票数で七割強の議席を確保してしまう小選挙区選挙の問題がある。

また一つは昨年十一月、最高裁が前回の衆院選の一票の格差を違憲状態と判断したにもかかわらず、国会は抜本的是正を怠ったまま、平然と選挙を行ったことである。最高裁の判断さえ無視してはばからない厚顔な政治が、国民の幸福など真剣に考えているはずもない。私たち有権者は、この「違憲状態」という事実についてもう少し深刻に捉えるべきではないだろうか。

そして何より困惑するのは、五二%という低投票率を生み出した私たち有権者の諦めと傍観が、この先この国にもたらすだろう事どもである。産業構造や地方経済の構造改革もしないいま、財政出動だけで景気刺激を続けるアベノミクスは、いつまでもつのだろうか。議員定数の削減も反故にしながら、かたちばかりの財政再建のために介護報酬の切り下げをして、介護現場はもつのだろうか。戦後七十年の節目に、私たち日本人はいよいよ憲法改正に踏み出すのだろうか。そのための国民的議論を、この先どれだけ重ねることが出来るのだろうか。

一口に国民と言っても、価値観は多様である。今回の衆院選の自民党の得票数は、全有権者数の二五％に過ぎない。二五％の有権者の価値観が、残り七五％の生活を牽引してゆくのだが、このことに違和感を覚えない人はいないだろう。理由が何であれ、全有権者の半数近くが選挙に行かなかった結末がこれである。

衆院選が一つ終わったいま、私たちは無残な低投票率を反省しつつ、これから自分たちに何が出来るかをあらためて思案するときだと思う。価値観は異なっても、一票の格差を良しとする人はいないはずだし、憲法改正に国民的議論は不要だという人もいないはずだからである。

二〇一五年

夢から覚める力

「図書」二〇一五年一月号

先般のアメリカの中間選挙では、上下両院とも共和党が過半数を制し、オバマ大統領の不人気が証明される結果となった。六年前にアメリカ史上初の黒人大統領誕生を目指して結集した草の根の若者たちも今回は動かなかったというから、アメリカ国民の失望はよほど大きいのだろう。

不人気の背景には、どんなに経済が好調でも、庶民が好景気を実感できない所得格差があると言われている。また、その格差が民主党と共和党それぞれの支持基盤の違いになり、価値観の違いとなって、大統領の外交理念や対外政策への評価を分けているというのだが、そうした格差は長年アメリカ社会を常に分断してきたのではなかったか。

結局、中間選挙の結果が見せつけたのは、「アメリカの貧富の格差や、社会階層と価値観の断絶は、黒人大統領が誕生したぐらいで埋められるものではなかった」という現実だろう。二〇〇九年一月、オバマの登場で一瞬にせよアメリカが一つになったかのような熱狂が生まれたのは、アメリカ国民がまさにそれを望んだということだが、それから六年、アメリカはきわめて順当に夢から覚めたのだと思う。

ひるがえって私たち日本の有権者は、日本社会のありかたについて切実な夢を見るということをしてこなかった。ある時期まで国民の所得格差はきわめて小さく、社会保障や国民皆保険制度が整い、自衛隊は海外で一発の銃弾を撃つこともなく、近隣諸国に安全を脅かされることもなかったこの国は、夢など見ずとも十分に安定して平和だったのだ。

そうした諸条件は、いまもさほど変わってはいないが、このあまりに長い安穏がいつの間にか、サンフランシスコ講和条約の枠組みからの脱却と自主憲法の制定という、特異な夢を抱く政治家の登場を許していたのは皮肉な話である。今日、特定秘密保護法の施行、集団的自衛権行使容認の閣議決定、公教育への道徳課目の導入など、矢継ぎ早に実現されてゆく政策のどれもが、国民の意識や生活とかけ離れ過ぎていて、私たちはそれこそ夢でも見ているような非現実感にとらわれ続けている。またさらに、国土の一部を人間の住めない土地に変えてしまった福島第一原発の重大事故から三年九か月、未だに汚染水の処理さえ満足にできないうちに、各地の原発の再稼働が急がれているのも、これは夢かと思う。夢ならばどこかで覚めなければならないが、アメリカの中間選挙を見るにつけ、夢を見るのも、その夢から覚めるのも、国民の力なのだと思い知らされる。私たちにその力はあるか。

震災二十年　私たちの変化は

読売新聞「寸草便り」二〇一五年一月二十七日

二十年を過ぎて自問する。私たち日本人は阪神・淡路大震災から何を学んだのだろうか。子どもから大人まで阪神間の住民すべてに降りかかった未曽有の経験であったことは確かだし、何も学ばなかったということなどあり得ない、とは思う。けれども、あえて自問するのは、あの震災から何を学び取り、何が変わり、何が生まれたのか、ここで明確に答えるのが難しいと感じるからである。

かろうじて一つ挙げるとすれば、ボランティア活動の定着だろうか。震災の惨禍を目の当たりにして、平凡な市民が自分に何か出来ることはないかと胸を焦がし、実際に居ても立っても居られずに被災地に駆けつけた。かねてから欧米に比べて日本人は無宗教ゆえに奉仕精神に乏しいと言われてきたが、ひとたび大災害に見舞われるやいなや、日本人の共同体的な結びつきと心優しさが一気に目覚めたのは確かである。

ちょうど震災の年に生まれたウィンドウズ95以降のインターネットの普及も手伝って、ボランティア活動は日本社会にすっかり定着し、東日本大震災でも大きな力となった。とはいえ、日本のボランティア活動はおおむねなおも個人の善意の発露の域に留まっており、欧米のように行政サービスを補完する公共のシステムとして機能するには至っていない。私たち日本人が、ボランティアを必要とするさまざまな被災地や被災者を、おそらく情緒で捉えているためだろう。

さて、私たちが二十年前に経験したのは、人口が密集する先進国の大都会が震度七の大地震に襲われるという世界でも類を見ない惨禍だった。それでも被災地が首都東京ではない地方都市だったせいだろう、ひそかに生まれかけた文明論的な悲観や諦観は結局主流になることなく消えてしまい、日本社会は復興の名の下に、経済力と技術力にまかせて都市を元通りに再建することに邁進したのだった。近代は廃墟を知らないと言われるが、まさにコンクリートと鉄を大量に投入した土木建設工事の槌音が、力強い復興と同義だったのである。

そして神戸の街はわずか数年で再建された。いや、震災前にあった住宅密集地が一掃され、駅前や港の大規模商業施設と高層住宅が整備されたその実態は、むしろ再開発と呼ぶべきだろう。そして二十一年目のいま、周知の通り被災後に流出した人口が回復しない地区も多く、大規模商業施設は閑古鳥がなき、復興住宅は高齢者の孤独死が絶えない陸の孤島であり続けている。繁華街には震災前のおしゃれなイメージが戻っているが、地区によっては震災後に流入した住民が半分以上を占めており、街の空気もすっかり変わってしまっている。

大地震に遭うとは、いったいどういうことなのだろうか。私たちは神戸の復興を心底願ったが、地震国の都市のあり方について、何をどれほど考えてきただろうか。高速道路の高架橋の倒壊や埋め立て地の液状化を、見なかったことにしてきたのではないだろうか。この二十年、全国で住宅密集地の解消はどれほど進んだか。そして何より、私たちのこころはどれほど変化したか。もし、この社会の基層に届くような変化がないのだとしたら、あの大震災の経験はあまりに虚しい。

二分される社会

「図書」二〇一五年二月号

この年の瀬に降ってわいた総選挙は、有権者の多くが確かな争点を見出しかねるものだった。そのためか、著しく関心も熱気も欠いた選挙戦では、与野党を問わず、候補者たちの卑小さばかりが際立ち、実に見るに耐えなかった。古今東西、政治家は誰しも落選すればただの人ではあるが、バッジのために心にもない愛想笑いを振りまき、政策のお題目だけを壊れたテープレコーダーのように連呼して回る候補者たちの姿を遠目に眺めながら、この不毛さをあえて不問にして真剣に投票先を考えるのは、ふつうの有権者にとって確かに至難の業なのだとあらためて納得もしたことだった。しかしまた、有権者の多くが意中の候補者など見当たらないゆえに風任せ、もしくは棄権という選択をしてきた結果が、こんな選挙風景であるのもまた事実である。

それにしても、かつては浮動票の行き先の多くは野党であったが、近年はそのまま与党の潜在的支持層となり、結果的に与党の圧倒的な肥大をつくりだすようになった。これは、市井の人びとが現状に満足しているということではあるまい。満足はしていないが、生活者に恩恵が届かないアベノミクスをはじめ、原発再稼働や集団的自衛権行使容認など、必ずしも国民の支持が高いわけではない独善的な政策にひた走っている政権へのこの消極的な承認は、私たち自身がある種の反動的な時代の空気へ傾いていることの証である。

この空気は六十九年前、敗戦に至った戦争責任に中途半端に蓋をせざるを得ず、結果的に歴史を清算できなかった戦後日本の負債でもある。一般の日本人は、二十一世紀のいまなお国連で戦時中の慰安婦問題を非難されるようなことに不本意な無力感を募らせており、それはリベラルを自認してきた人びとも例外ではない。一方で、たとえばオリンピックやワールドカップの日の丸に熱狂する心象の、ほんの一歩先にはナショナリズムの熱狂があり、それは生活の安定や未来の希望を失った日本人のこころを埋め合わせるものとなる。こうしてとくに政治的というわけではない浮動票が安倍政権へ流れ、野党ももはや代わりの選択肢を示せないでいるのである。

しかし同じ浮動票でも、筆者を含めてすんでのところで踏み止まっている者もいる。多少の格差はあっても比較的均質なこの社会において、安倍政権の歴史修正主義へ惹かれる日本人と、それに拒否感を覚える日本人の差はどこにあるのだろう。ほんのわずかな忍耐の有無だろうか。

それとも、アメリカのように価値観の分断が生まれているのだろうか。

宗教と市民社会

「図書」二〇一五年三月号

いくつかの文学賞の選考委員をしていて、最近ふと、社会派の小説が姿を消したことに気づいた。高度経済成長時代から、その終焉を迎えた九〇年代半ばごろまで、純文学を除くと小説の多くはさまざまなかたちで社会のひずみや非情や不正を描き、読者もそれを好んで読んだ。そんな社会派小説の消滅は端的に、読者がそこから離れたということである。現在の主流は男性作家が時代小説か警察小説、女性作家は等身大の「女子」の生活感や恋の本音を描いたものが多い。

書き手も読み手も、自分自身や身辺の暮らしには大いに関心があり、それについては多弁ですらあるが、一方で、自身が生きている社会や時代状況を言語化する必要を感じなくなったのかもしれない。そうなった大きな理由は、ウィンドウズ95に始まった情報化社会の爆発的発達であり、ネット世界に溢れだした厖大な情報ですべて間に合うような幻想がもたらされたことだろう。この状況はノンフィクション作品の退潮とも軌を一にしているほか、新聞の発行部数の減少や、国政選挙における投票率の低下傾向とも連動している。

とまれ、人間と社会のことを書き尽くさんとしたかつての社会派小説や全体小説が消えたいま、世界は個々人がネットからつまみ食いした情報の継ぎはぎによって捉えられるようになった。全体が消え、全体がもっている複雑さが消え、全体があってこその常識や社会性が消え、国のあり方を問う視線が消え、政治や歴史への関心も大きく損なわれた。

昨年末から年初にかけて欧米を襲ったイスラム過激派の無差別テロを眺めながら、これがもし日本で起きたら――と考える。日本でもちょうど二十年前、地下鉄サリン事件が起きた。宗教が下地にあることも、無差別テロであることも今日のイスラム過激派のテロと同じだが、日本では事件を宗教的動機から切り離してしまい、テロを起こした宗教団体がその後勢力を衰退させているのをいいことに、徹底した原因究明を怠ってきた。どんなに荒唐無稽であっても信仰は信仰である。信仰の世界に踏み込む言葉をもたなければ、オウム真理教事件の核心に手は届かない。

ひるがえって、いま世界で起きているのもたんなるテロではなく、イスラム教の信心と西欧の市民社会の激突である。新聞社襲撃のあと、フランスに広がった絶望の深さに言葉を失う。私たち日本人は、イスラム世界の信心や価値観が西欧の市民社会を揺るがし始めたことの意味を、正しく理解することが出来ているだろうか。

信仰とテロ　向き合う覚悟

読売新聞「寸草便り」二〇一五年三月十九日

二十年前の三月二十日、一つの新興宗教団体が東京都心の地下鉄で猛毒のサリンを用いた無差別テロを起こした。新興宗教といえば、一般的には高額なお布施や物販などで胡散臭いイメージこそあれ、武装して不特定多数の市民を襲うような暴力とは結びつかない。そう思い込んでいた日本人の長閑な常識が、決定的に覆された瞬間だった。

そのためマスコミは沸騰し、テレビも新聞も連日連夜、オウム真理教なる宗教団体の異形ぶりを伝えることに血道を上げた。当時の世間の論調を要約すれば、「こんなものは宗教ではない」「カルトは恐ろしい」「教団施設と信者たちを早く一掃してくれ」といったところだったと思う。

ところで、大都市を襲った無差別テロの脅威は、実行犯が宗教団体であったことで奇妙な宙吊りになり、さらにはオウム真理教が唱えていた解脱や悟りへの方便がまさに宗教そのものであることも、直視されることはなかった。

その結果、社会は被害の大きさのわりに興味本位の関心をもつに留まり、元信者たちの公判も、核心であるはずの宗教に踏み込まないまま、事件を巷の暴力犯罪として裁くことに終始したのだった。そう、私たちは宗教団体の犯した無差別テロという困難な事実に向き合うことをしなかったのである。いや、司法もメディアも市民も、宗教に立ち入る能力を端から欠いていたと言うべきだろうか。

あれから二十年が経った。世界の機軸も経済状況も大きく変化し、日本の社会も人心も様変わりした。にもかかわらず、一方ではオウム真理教から分かれた二つの団体がいまなお新しい信者を獲得し続けている現状があり、海外に眼を転じれば、イスラム過激派による無差別テロは二十年前には想像もできなかった広がりと過激さを見せている。

こうした推移を見るに、先進国の豊かさのなかで私たちはひょっとしたら人間の幸福の尺度を見誤り、民主主義だの、信仰や表現の自由だのを金科玉条のように掲げることで、実は価値観の多様さを阻害してきたのではないかといった反省にも行き着く。

事実、オウム真理教に吸い寄せられた若者たちは皆、社会経験の乏しさはあったものの、基本的には科学万能と経済至上主義の社会に違和感を覚え、新たな生き方を求めた結果の入信だった。一般社会に彼らの声を受け止める場所はなく、既存の宗教も例外ではなかったのだ。ある種の過激さはすべての信仰がもつ一面であり、ときに社会秩序を逸脱してゆく場合もあるが、救いを求めるこころは同じだとすれば、本来は既存の仏教のほうから若者たちへの働きかけがあるべきだったのに、である。

私たちは地下鉄サリン事件を引き起こしたオウム真理教を、宗教ですらないと切って捨てることで、信仰が無差別テロに行き着く過程を解明する道を閉ざしてしまった。そうしていま、世界を揺るがしつつある「イスラム国」の非道に対しても、「こんなものはイスラム教ではない」という一方的な排除の声に同調するほかないのである。

西欧の価値観の大原則である表現の自由を掲げての「私はシャルリ」「私はケンジ」などの大合唱は、有意のジャーナリストたちや人道支援に携わる人びとの善意と信念を、どれほど虚しくしていることだろうか。

I AM KENJI…

「図書」二〇一五年四月号

年初の不穏な予感がこんなかたちで当たるとは——。

昨年来、シリア領内でイスラム国に拘束されていた日本人二名が、年が明けてから相次いで惨殺された。イスラム国がインターネット上にばらまいた人質の映像は瞬時に世界じゅうで共有され、「I AM KENJI」の合言葉とともに日本人被害者への哀悼の意とイスラム過激派への怒りが示された。もっとも、こうして世界の人びとが一斉に反応し、イスラム過激派への憎悪が世界を席巻する光景には、ネット時代の人間の、多様化に逆行する姿が映し出されている。

たとえば「KENJI」とは何者か。生前の後藤健二氏が有能なジャーナリストだったにしても、同じくイスラム国に殺されたアメリカやイギリスのジャーナリストが、こういうかたちで反イスラム過激派のシンボルになっていないのはなぜか。また、「KENJI」がいるのに、なぜ「HARUNA」はいないのか。ただの民間人だった湯川遥菜氏は、イスラム国に殺されても英雄にはなれないということだろうか。

預言者ムハンマドを風刺したシャルリ・エブドの襲撃事件で多くの犠牲者を出したフランスでも、「私はシャルリ」の合言葉の下、数百万人の国民が市民社会の自由と正義を掲げて結束し、シャルリ・エブドは英雄になった。しかしながら「私はシャルリ」は、シャルリでない者を排除する。本来慎重に問われるべきは、当の風刺作品の品位や当否のはずだし、さらにはイスラム過激派を生みだすイラクやシリアの政治情勢と欧米各国の関与のあり方であり、昨年八月に始まった有志連合によるイスラム国支配地域への空爆の是非であろう。ところが、悲惨なテロを前に、暴力への怒りと、異なった価値観への拒否と排除の論理が噴き出し、それがフランス国民を反テロで団結させる一方、それとは異なる意見を封殺する空気が生まれているのは、いかにも残念なことである。

いまや、世界じゅうのイスラム教徒が口をそろえてイスラム国の蛮行を非難しているが、実際にはヨルダンを除く中東諸国はイスラム国支配地域への空爆に慎重であり、国連決議も国際法違反の虞のある武力行使には踏み込んでいない。その一方で、イスラム国支配地域では避難民が生まれ続け、多くの人びとが悲惨な生活を強いられているのだが、片手で空爆をし、片手で人道支援をする矛盾を抱え込んだ国際社会の動きは鈍い。これほど明白な人道への罪を前にして、これほど身動きが取れなくなっている国際社会の姿を、私たちはかつて見たことがあっただろうか。

考えても仕方のないことか

京都新聞「現代のことば」二〇一五年四月十四日

東日本大震災から四年、メディアが煽るほどには筆者を含めて国民の関心は盛り上がらず、現代の記憶の風化の速さにはただ頭を垂れるほかはない。現に、福島第一原発の事故以来、この国に根付いたかに見えた節電意識も完全に薄れたようで、莫大な電気を食うことで有名なリニア新幹線の着工に異議を唱える声はどこからも上がらない。また、三十年以内の大地震の発生確率は、日本各地で年々上がっているにもかかわらず、電力会社の強い要望による原発再稼働の動きはとどまるところを知らない。原発から三〇キロ圏内の住民の避難計画はどこの原発でも十分ではなく、一年前の段階では計画自体が未整備の立地自治体が四割を占めていた。それでも立地自治体はもちろん、周辺自治体からも、事態に困惑する声はあまり聞こえてこない。

先日、京都府は関西電力と高浜原発についての安全協定を結んだと報じられたが、再稼働する際に関電から府に説明や報告があるというだけで、府が再稼働の可否に関われるわけではないらしい。そうだとすれば、万一事故が起きたときに三〇キロ圏内の府民約十三万人を周辺各市に分散して避難させる困難を負う側としては、立地自治体以外で初めての安全協定だと自画自賛している場合ではないだろう。事実、避難先を決めただけで、受け皿の整備や渋滞対策などはこれからだし、大地震の場合は避難先も被災していて、受け入れどころではない可能性がある。

こうして少し考えてみただけでも、いざというときに私たちが遭遇する困難は目を背けたくなるほど大きいことが分かる。大阪は原発の三〇キロ圏内に入る自治体はないが、南海トラフ巨大地震では、発生から二時間弱で大阪市内に五メートルの津波がやってくると想定されている。地下への津波の流入をふせぐ止水板の設置も不十分なことが分かっているが、そんな大都市の地下鉄に私たちは今日も乗っているのである。どうやら私たちは、「大地震が来たら、そのときはそのとき」「原発事故が起きたら、そのときはそのとき」と開き直ることでやっと、この不安だらけの時代を生きているのだろう。考えても仕方のないことは考えないのだ。

ひるがえって、古代の日本人は天変地異を「考えても仕方のないこと」とは捉えなかった。『日本後紀』『続日本後紀』『日本三代実録』をひもとくと、九世紀前半は貞観年間の大地震をはじめ、日本全国地震だらけだったことがよく分かる。平安京も、地面が揺れるたびに人びとは恐怖に震えあがり、朝廷はそのつど僧侶を集めて大々的に国家鎮護の法会や神社での祓えを行い、天災を鎮めようとした。たとえ神頼みでも、災いと必死に向き合うほかなかった古代の日本人と、なまじ自然災害についての科学知識をもってしまったために「考えても仕方のないこと」として日常の外に置いている現代の日本人とでは、いったいどちらがまっとうなのだろう。

記念日疲れ

「図書」二〇一五年五月号

どの新聞社の人も、今年の三月は東日本大震災から四年、地下鉄サリン事件から二十年に加えて、北陸新幹線の開業があり、眼が回る忙しさだと口をそろえていた。東京と日本海側の金沢が一気に近くなる画期的な北陸新幹線ではあるが、大きな経済効果が期待できるおめでたい話題と、震災と無差別テロの特集記事が週替わりで並ぶ紙面は、まさに移り気な私たち市井の、同時代への関心のありようそのものだ。

それにしても、日本人は何かにつけ「あの日から何年」というかたちで記憶を新たにする。この国でまっとうに生きるとは、回顧すべきこと、追悼すべきこと、関心をもつべきこと、反省すべきことなどに日々追いかけられるということであり、そうして過去の幾多の悲劇を正しく記憶し、後世に語り継がねばならないのだと、あたかも社会の良識なるものに諭されているがごとくである。

ありていに言えば、私たちは仕事に追われ、生活に追われて生きるだけでは社会的にも人間的にも十分とは言えないということらしいが、目配りを要請される事柄が次々に積み重なってゆくので、実際にはそうそうすべてに構ってもいられない。関心はあってもなかなか持続せず、深く考えるひまもない。そのためひとまず記憶の引き出しにしまいはするが、促されるまで再び開けてみることもない。そう考えると、毎年やってくる種々の記念日は、私たちの記憶の引き出しを半ば強制的に開けさせるものではあるのだろう。

とはいえ、回顧にせよ追悼にせよ、人それぞれのやり方があり、中身がある。東日本大震災から四年目の三月十一日には、これまでと同じように日本じゅうで犠牲者を悼む祈りが奉げられたが、たとえば東北から遠く離れた関西に住み、被災地に知り合いもいない私のような人間にとっては、喪失の悲しみ自体はあいまいなものでしかありえない。しかしそういう私も、阪神・淡路大震災からこのかた、人間の築いた文明社会の脆さや命のはかなさへの哀切や寂寞の感情は一層深くなっているのであり、これはこれで東北に地縁のない人間の、東日本大震災への視線の一つだろうと考えている。

巷に溢れかえる情報が社会を記念日だらけにし、社会の良識という顔をして私たちにあるべき振る舞いを押しつけてくる。しかしながら敗戦という国民的な出来事を除けば、大震災を含めたさまざまな悲劇については、被災者や当事者とそれ以外の人びとの間の温度差を含めて、それぞれの向き合い方があってよいはずだ。少々記念日疲れの三月である。

詩と物理学者

「図書」二〇一五年六月号

最近、小説を生業にしている人間の頭が必ずしも芸術的にできているわけではないことをしばしば考える。実際、私は子どものころから論理を一から積み重ねないと物事が理解できない石頭ではあった。たとえば、数学をこよなく愛する人だった亡母の数学問題の解き方を見ていると、芸術的な直観に近いものが働いているのがよく分かる一方、自分にはそういうひらめきが決定的に欠けているのを思い知らされたものだった。そんな人間が長じて小説家を名乗っているのだが、振り返れば理屈を並べるか、精密な描写を重ねるか、どちらかしかない不器用な小説ばかり書いてきたと思う。

それにしても、芸術的直観や飛躍と無縁の人間が、小説というかたちで人間の感情生活や人生の懊悩を扱うことが出来るのであれば、豊かなひらめきをもつ理系の頭脳と芸術の相性がよいのはなおさらうなずける話である。現に亡父母はともに理系の人間だったが、母はピアノを弾いてシューベルトの歌曲を歌い、父は日曜画家で、ともによく小説や詩を読んだ。もっとも母は少々音痴で、歌が始まると私たち子どもはいつも耳をふさいでいたのだけれども。

先日、知人の某物理学者があるコラムで、第一次世界大戦の激戦地を詠ったジョン・A・マクレーの詩『フランダースの野に』を取り上げ、そこに出てくる語句の意味をめぐって、シェークスピアの『お気に召すまま』の一節を引用しながら、うつくしい所感を綴っていた。ちなみにマクレーもカナダ人の軍医だったらしいが、戦争への悲嘆を詩に詠うのも、後世にそれを取り上げるのも理系の感性だということに、つくづく感じ入ったことだった。亡父母もそうだったが、ひょっとしたら理系の人間は真正のロマンチストなのかもしれない。またあるいは、寺田寅彦の名を挙げるまでもなく、理系の人びとこそ、近代合理主義の限界に敏感なのかもしれない。

とまれ、ひと昔前まで、世に多少とも名を残す人びとはみな、おおむね博識で勉強家だった。人の上に立つことの意義や名誉をまともに引き受けるなら、たとえば一国の首相が趣味はマンガだの、ゴルフだのと口にできるはずもないが、そんな常識もいまは昔となり、今日では首相が休日をゴルフ三昧で過ごすことに眉をひそめる国民はいない。ＳＴＡＰ細胞とやらを発見したとされた女性はそもそも科学者ですらなく、タレント弁護士出身の政治家が政界で幅を利かせているかと思えば、某有名塾講師はテレビタレントへと騒々しく転身してゆく。かくも教養から遠く離れた時代の底の浅さを思う。

学生の街

京都新聞「現代のことば」二〇一五年六月九日

京都へ足を運ぶたびに、大学生の多い街だと思う。個人の印象がそうだというだけでなく、数字を見ても一目瞭然で、二〇一一年の統計では人口一〇〇人当たりの学生数が京都は五・二九人で全国一位だったそうだ。ちなみに東京が四・八七人、全国平均は二・〇一人である。

また大学の数も、国公立六校、私大二十六校で東京、大阪、愛知、兵庫、北海道、福岡に次ぐ多さだそうである。筆者は以前、うちには国立大学がたった一校しかないと嘆く某地方自治体の首長に会ったことがあるが、高等教育機関の充実は、地方自治体の眼に見えない歴史や文化の厚みを表していると言えなくもない以上、産業や経済だけでは測れない豊かさの指標が大学の数でもあるのだろう。

とはいえ、うちには国立大学が一校しかないという地方の嘆きは、東京をはじめ山ほどの学校と学生を抱える自治体にはピンとこないだろうし、京都もそうではないかと思う。自治体としてとくに努力しなくても、毎年当たり前のように全国から学生が集まり、学校も地元も賑わい、潤う。若者たちの文化が息づき、新しい流行の発信があり、学生街という独特の風土が生まれる。高等教育機関と学生数の多さは、そうして暮らしの風景として年々蓄積され、たとえば京都＝大学生活＝文化的土地柄というイメージとなって固定されてきたのである。

さてしかし、四十年以上前に京都で高校時代を過ごした筆者には、京都がかつて持っていたもう一つの顔の記憶がある。いわゆる大学紛争の時節だったが、同時代に向けられた先鋭な政治的眼差しが、的外れであれ浅薄であれ、沈黙する大人社会を攪乱してなにがしかの問題提起を行うに至ったのは、まさに学生の街という風土の為せるわざだったように思う。

ひるがえって今日、学生たちはさまざまな若者文化を発信し、消費して学生文化を形成してはいるが、そこに同時代への社会的・政治的視線はほとんどない。さらにいえば戦前の「京都学派」のような、独自の学風を競い合う学問的な空気も、一部を除くといまは昔である。せっかく人口の五％が学生という土地で、大学も学生もただの生活者、消費者として存在しているだけなら、こんなにもったいない話はない。なぜなら、大学で幅広い学問を修めて知識を深める一方、労働や生活のための社会的制約からはいまだ自由な大学生という立場は、同時代の社会と政治のありようを注視し、ときどきに必要な発信ができる最後の機会だからである。

学生が消費者と化したこの四十年、学生の価値は下がり続け、最後は企業の就職説明会を黙々と回るだけの従順な群れの一員となって終わるようになった。そしてそんな学生たちを尻目に、大人社会はいつの間にか戦後七十年の歩みを大きく逸脱してゆこうとしているのだが、学生たちが声を上げる気配もない京都の姿を見るにつけ、ひょっとしたら、かつて京都にあった政治的熱狂のほうが幻だったのかもしれないと思う今日このごろである。

誰も聞いていない

「図書」二〇一五年七月号

アメリカ議会の上下両院合同会議で日本の首相として初めて演説をした安倍氏の、先の戦争についての基本姿勢を一言で言えば「反省しているが、謝罪はしない」であった。なんと奇々怪々なことだろうか。言語表現の構造上、これでは反省と謝罪が対立関係もしくは別の範疇に置かれることになり、常識に反する。また、反省という言葉はそれ自体で完結するというより、反省した結果の行動を促すような広がりをもつというのが、一般的な語感でもある。だから、誰かが貴方に「反省しているが、謝罪はしない」などと言ったら、貴方は即座に、反省しているというのは嘘だと判断するだろうし、その判断は正しい。

一言一句にこだわる一方で、言葉を軽んじる。これが昨今の政治家の際立った特徴であろう。たとえば安保法制関連法案に関して野党議員の発した「戦争法案」の一語に激怒するかと思えば、国政選挙の一票の格差について高等裁判所が出したいくつもの「違憲状態」の判決は、あたかも耳に入っていないかのごとくである。また地方でも、大阪都にはならない「大阪都構想」という冗談のような呼び名が、当たり前のように叫ばれ、言葉としておかしいという声は上がらない。

こうしてときどきの政治の都合に合わせて恣意的に発せられたり、無視されたり、改変されたりする言葉たちは、もはや真実や確信や信念からもっとも遠いところにあって、ほとんど何も言い当てることもなければ、誰かに耳を傾けられることもないBGMと成り果てていると言おうか。そう、政治家はあちこちで滔々と演説をしてみせるが、誰も注意して聞いていないし、ほとんどの場合、耳を傾けるに値するような中身自体もない。そして政治家も聴衆も、いまそこにある演説の中身の無さに気づくことすらないのだ。これは、ひとまず「てにをは」が揃っておれば、私たちの耳はなんとなく日本語の文章になっていると聞き取ってしまうためであるが、土台、スピーチ・ライターに書かせた原稿を読むのが政治家の演説というものであるなら、そんな演説はただの音の連なりであり、無用の長物だろう。

とまれ、大衆が政治の言葉に聞き入るという習慣を失い、政治家もまたそれらしい言葉を垂れ流すだけのジェスチャーに慣れてしまった現代は、言うなればどこにも本来の政治が存在しない時代である。それはすなわち、いつかどこかでこの国が大地震や財政破綻や武力衝突といった危機に直面したとき、事態と真に向き合う者の不在を意味する。

真面目に生きる

「図書」二〇一五年八月号

私事ながら、健康のためにほぼ毎日馬に乗る。ほんの余技だが、馬術もスポーツである以上、ときどきどんなに練習を重ねても巧くゆかない場面に突き当たることがある。そういうときは大概、技術以前の基本に問題のあることが多く、それを技術でごまかしているから上達しないのだと痛感させられる。加えて私の場合は、自分の身体能力があまり高くないらしいことも、この歳で日々再発見する結果になっているが、終盤の人生を引き締めるという意味で、そんな反省や発見も悪くはないと思っている。

というのも、年齢とともに生き方や価値観はもちろん、日常生活の一つ一つを変更するのが難しくなり、判で押したような平板な人生を送っているのを感じるからである。長年こうだと信じてきたものが揺るがされたり、更新を迫られたりすることに不快感を覚え、それならいっそ背を向けていたほうが楽だとばかりに世事に関心をもたなくなる。それでも内心ではそういう自分に違和感もあり、少し無理をしてでも新しいことに挑戦したり、さまざまな社会問題に眼を向けたりして、あえて自分に負荷をかけることもする。これは個人のボケ防止策というよりは、少し大げさに言えば、人間としてこの社会に生きる義務のようなものなのだと思う。

別の言葉で言えば、一市民、一生活者なりに真面目に生きるということになろうか。私のような還暦をすぎた独身者には、集団的自衛権の行使も、労働者派遣法の改正も、影響はごく限られているが、代わりにせめて直接の影響を受ける自衛隊員や非正規雇用者の不安に思いを馳せ、国民の生命や生活を大っぴらに蔑ろにして憚らない政治への真剣な怒りを募らせる。これが真面目に生きるということだ。

ひるがえって今日、国会を闊歩している政治家の多くが不真面目の極致にあるのは疑いようもない。長年積み上げられてきたこの国の憲法解釈を一つの閣議決定で反故にし、五十六年も前の一判決を、法律家でなくとも筋違いと分かるかたちで整合性の論拠にし、首相も大臣もまともな答弁ができないような法案を上程した上に、与党議員の多くが不勉強のためにその内容を理解さえしていない。これほど不真面目な所業があるだろうか。一方で、かくも不真面目な国会審議を目の当たりにしながら、怒りの声を上げない有権者もまた真面目に生きていないと言うほかないが、自衛隊員の戦死や非正規雇用者の貧困を想像するぐらいのことがなぜ出来ないのだろうか。

自分の足で立つほかない

毎日新聞　二〇一五年八月二十九日

日本人はいま、四年前の東日本大震災の未曽有の津波被害の記憶に深く浸食されたまま、生活全般において明るく開けない未来に怯えているかのようである。地震の活動期に入ったとされる人智を超えた不気味さや無力感とともに、足下にひそかに蔓延しているのは、一抹の滅びの予感だろうか。

二〇一五年現在、一億二〇〇〇万人のなかには、かの太平洋戦争を生き延び、戦後の高度成長と今日のゆるやかな後退の両方を目の当たりにし、いわば近代日本の繁栄とその終わりを現在進行形で生きている人が少なからずいる。今日、たとえばこの国が日中戦争に突入していった一九三〇年代の空気と、自民党政権が衆議院での圧倒的多数の力を背景に集団的自衛権行使容認に踏み出した二〇一五年の空気がよく似ていると呟くのは、そういう人びとである。

一方、戦前を知らない世代は、この国や社会のありようの、七十年、八十年という一続きの物語をいまに浮き上がらせるものとして彼らの呟きに耳をそばだて、自身がまだ生まれていない過去の空白を埋めるピースにする。そうして自身の時間軸を拡張することで、私たちはそこはかとない不安や戸惑いがどこから来るのかを知るために、時代や社会のより大きな変化を捉えようとするのである。

また戦前まで遡らずとも、たとえば戦後民主主義社会の、何かしらてのひらを返したような明るさの下で、広島と長崎の原爆の記憶は原子力の平和利用という魔法によって中和されてゆき、気がつけば日本人は北海道から九州まで五十基以上の商業原発が建ち並ぶ風景に馴染んでいた。そうして安全神話に安住していた二〇一一年三月、東日本大震災の巨大津波が福島第一原発を襲った。ライブカメラの映像を通して、私たちは安全なはずの日本の原発が、チェルノブイリ級の重大事故を起こした瞬間を目の当たりにしたのである。

科学技術の輝かしい未来としての希望の原子力から、現在の技術力では人間に制御できるものではなかった絶望の原子力へ。一九五七年、茨城県東海村に初めて原子の火がともった日の晴れやかさを記憶している世代――おおむね六十代以上の日本人のなかには、これを書いている私も含まれる。

ひるがえって足下の暮らしも、二十年前と比べると一変した。バブル崩壊からの「失われた二十年」は、二〇一五年のいまから振り返れば、たんなる景気循環の底などでなかったことは明らかである。一九八〇年代にはすでに戦後の経済成長を牽引した産業構造の改革が求められていたが、いまに至っても果たせず、新興国市場の発展により製造業の海外移転が進んで国内は空洞化した。

農・畜産業も長年改革が叫ばれながら、これも疲弊がやまない。労働力人口がすでに減少に転じたこの国で、将来にわたって社会インフラや十分な教育、医療制度を維持してゆくためには、生産性の高い産業を新たに生み出してゆくほかないのだが、国はなおも公共事業と金融緩和による景気刺激しか打つ手をもたない。

二〇一二年に始まったアベノミクスは、日銀による大量の国債購入で金利を下げ、円安を誘導して一部製造業の株価を上昇させたが、当然ながら金融政策だけでは輸出は伸びず、労働生産性は上がらず、新しいサービス産業が生まれてゆく息吹もない。一部の資産バブルとは裏腹に、多くの労働者の給与は上がらず、あまつさえ全労働力人口の四割弱が非正規雇用の今日、貧困の拡大は子どもの学校生活の風景すら変えてしまった。

思えば、七十代以上の日本人は敗戦直後の窮乏を知っているが、七十年前のそれは未来に向かって開けていたのに対して、今日の貧困は先々よくなってゆく可能性のない、抜け出すのがきわめて難しい牢獄である。二〇一〇年代の日本社会に広がるこの沈滞と貧困は、ゆるやかな衰退期にさしかかった社会のそれだという意味では、私たち日本人が初めて目の当たりにする未知の風景なのである。

そして海外に眼を転じれば、いつの間にか世界第二位の経済大国となっていた中国の姿も、近現代の日本人が初めて見る風景である。また、中国の大国化は相対的にアメリカを縮ませ、ロシアはウクライナのクリミア半島を一方的に編入し、「イスラム国」の台頭で中東各国は崩壊の危機にある。

こうして私たちは二十世紀の欧米の秩序が終わろうとしていることに戸惑い、為すすべもなく立ちすくんでいるのだが、勇ましい言葉を弄して民衆を扇動する歴史修正主義者はこういう時代に登場してくることを、歴史は教えている。歴史はまた、三一〇万人が犠牲になったかの戦争の責任を日本人は自ら追及しなかったこと、はたまた福島第一原発の事故でも結局誰も責任を取っていないことを教えている。この国では、為政者を筆頭に物事の最終的な責任を取る者はいないのである。

だから、何者にも踊らされてはならないと思う。戦後七十年の己が足下を見つめ、持続可能な社会のために産業や経済をいかにして新しい座標軸で捉え直すか、縮小する社会をいかに再構築するか、私たち一人一人が知恵を絞り、天変地異をなんとかやり過ごしながら自分の足で立つのみである。

自らに問う

「図書」二〇一五年九月号

ちょうどこの小文を書いていたときに、安保関連法案があっさり衆院を通過していった。この数か月、いつか集団的自衛権の行使が現実になる日を想像しながら鬱々としてきた。当面は国政選挙がないなかで国民には政権の暴走を止める手段はなかったのだが、内閣支持率がもう少し低ければ――と悔やまれる。採決前、メディアによっては不支持が初めて支持を上回る結果が出ていたが、それでも四割前後の支持のあったことが、内閣に採決を強行させる力となった。支持率がせめて二割台にまで下がらなければ、三〇〇議席を有する与党を抑止するのはやはり難しいということである。

来るところまで来たいま、こんな一物書きでも自分の無力さに臍をかみながら、これまでにもまして自問に自問を重ねている。世論調査で八割の人が法案について説明不足と答えながら、かくも重大な法案についてまともな説明ができないような政権に、私たちはなぜ四割もの支持を与え続けているのか、と。これは私たち国民の側の大いなる矛盾であり、不作為であり、認識の怠慢というものである。

憲法違反が明らかな法案を強引に成立させるような政権を、私たちはなぜ断罪しないのか。ほんの一部の話ではあるが経済が比較的好調だから？　けれども、ひとたび本格的な海外派兵となると、厖大な戦費調達のために厖大な国債を発行することとなり、赤字国債がさらに積み上がって日本経済をますます圧迫することになるのは必至である。

では、東シナ海などへの中国の侵攻が心配だから？　けれども、仮に尖閣諸島で不測の事態が起これば、まずは日本が単独で対応しなければならない。それが日米ガイドラインの規定であり、米軍の出動は米議会がそのつど可否を決めることでしかない。すなわち、尖閣有事の際の米軍出動への根拠のない期待に基づいた日本の集団的自衛権行使は、日本の勇み足なのだ。しかも、一度も実戦を経験したことのない自衛隊に直ちに戦闘行為ができるというのも幻想に過ぎない。いくら装備を整えても、海外に出ていった自衛隊は、現状のままでは戦死者の山を築くことになる可能性がある。そこまで考えた上で、私たちは集団的自衛権を望んでいるのか。

何よりも、ほんとうに国外情勢が変化して現行憲法では間に合わなくなったというのなら、まずは憲法を改正しなければならない。それをしない現政権の不作為を黙認した上で、私たちは支持をしているのか。大人から学生まで、ほんの数秒手を止めて、自分に尋ねてみてほしい。

いつもの夏ではない

「図書」二〇一五年十月号

沖縄戦終結の日から、広島・長崎の原爆投下を経て終戦の日にいたる日本人の毎夏の厳粛な気分が、今年は安倍首相の歪な歴史観や個人的な思い入れによって、たびたびかき回され、混ぜ返された。広島の原爆記念日の挨拶ではあろうことか非核三原則の文言を削って国民の顰蹙を買い、終戦の日に合わせて発表された戦後七十年の首相談話では、事前の有識者懇談会の提言で示された侵略や植民地支配の事実から主語を抜いてしまい、長すぎる戦後になんとか一つの区切りをつけたいと願う一国民の切実な思いを、いまさらのように愚弄してくれた。六十年以上生きてきて、これほど不快な思いが募る八月十五日はほかに知らない。

謝罪や反省とは本来シンプルなものであり、その論理も文言も当然シンプルになる。微妙な言い回しや複雑な文言は無用であり、微妙な言い回しが使われる限り、それは謝罪にも反省にもならない。否、より正確に言えば、戦後七十年談話で語られた「反省」は「我が国は(中略)繰り返し、痛切な反省と心からのお詫びの気持ちを表明してきました」という過去形であり、談話を出した首相本人はけっして反省も謝罪も表明していない。このことを言い換えれば、「アジアの人々の歩んできた苦難の歴史を胸に刻み」「歴史の教訓を深く胸に刻み」と神妙に繰り返される文言は、みな虚言だということである。

首相の個人的な歴史観ゆえに、朝鮮半島や台湾の植民地支配に触れず、従軍慰安婦の文言も避け、中国への侵略にも言及しないまま、「歴史とは実に取り返しのつかない、苛烈なものです」と他人事のように詠嘆してみせるだけのこんな戦後七十年談話は、無用の長物である以上に、実に日本人と日本語の尊厳を傷つけるものだと言うほかはない。

ところで、安保関連法案の国会審議が始まってから、国会前をはじめ全国で若者たちの自発的な抗議活動が見られるようになった。従来の市民団体ではない彼ら学生や主婦たちの姿もまた、これまでの夏にはなかった風景である。もともと政治と無縁だったはずの彼らを政治的意思へと駆り立てているのは、安倍政権に対する若者なりの危機感だろうが、この国の未来を担う当人たちが突き付けているNOの声は、きわめて重い。彼ら若者たちに近現代史を教えず、立憲主義も教えず、漫然と歴史修正主義やヘイトスピーチを生み出し、はびこらせているこの社会にあって、路上で声を上げる若者たちがひたすら眩しく映る戦後七十年目の夏である。

二〇一五年秋を記憶する

「図書」二〇一五年十一月号

この秋、集団的自衛権行使の道を開く安保関連法が成立した。戦後七十年のこの国の歩みを根底から転換する法律が、初めに行うべき憲法改正を行わず、国会での中身のある議論もなく、国民に十分理解されていないことを首相自ら認めながら、与党議員の数だけで通っていった。

少し前までこんな時代がほんとうに来るとは想像していなかった自分の、時代を見る目の無さに失望しながら、さまざまな思いに駆られる。戦後ずっと無邪気に信じてきた議会制民主主義における民意の限界。憲法を歯牙にもかけない政治家が国会の圧倒的多数を占めている時代の現実。政治家がひとたび当選してバッジを付けたが最後、憲法も世論も、選挙公約も関係ない暴走が、いくらでも可能になる現行制度の欠陥。もっとも、そうした現実への無力感が骨身にしみる一方で、次の選挙を見ていろと悠長に構えてもいるのは、この期に及んでなおも、安穏と生きていられた戦後日本の幻想を捨てられないでいるということだろうか。いまのところほかに代わるものがない民主主義社会の可能性を、未だに信じているということだろうか。

事実、戦争を放棄した憲法が踏みにじられたと大騒ぎしているのは、外から見れば未だ十分に平和であることの証ではあるだろう。今年、戦禍を逃れて欧州に押し寄せる中東難民が急増しているとのことで、とくに夏以降は、地中海を渡って欧州各国へなだれ込む人びとの悲惨な光景を連日、海外ニュースで見る。国を捨てて命がけで外国を目指す群衆の背後にあるのは、まさに戦争である。平和であれば何事もなく暮らし続けていたはずの市民が、一年に数十万人も空爆やロケット砲やゲリラ戦の銃火を逃れ、命からがら逃げ出してきているのだが、仮にアメリカの要請があれば、日本はいずれ集団的自衛権に基づいて、難民たちが逃げ出した戦火の下へ自衛隊員を送ることになるのだろう。

片や、ついに自ら憲法を踏み越えてしまった豊かな先進国があり、片や憲法以前に国そのものが崩壊しかけているシリアや、初めから分断されてしまっているクルド人自治区がある。国際社会の正義が正しく働いていたなら中東の戦火を止めるのは不可能ではないことを思うと、避難民たちは中東各国とイスラエルやロシア、欧米の深謀遠慮の犠牲者だとも言える。こうして国際社会の協調性が失われ、民主主義が弱り、グローバル世界の安定に不可欠の世界経済も低調となったこの秋、日本でもついに「戦後」が終わったのだ。

幕間に思う

「図書」二〇一五年十二月号

例年に比べて涼しかった夏は、安保関連法案をめぐって国会が紛糾している間に台風や豪雨被害があり、火山活動の活発化があり、川内原発の再稼働があり、そうこうするうちに同法案が参議院を通過して、あわただしく過ぎていった。

この夏の国会を芝居にたとえると、観客は固唾をのんで舞台に見入ったものの、どの演目もひどい内容で、多くの観客が、観に来たこと自体を後悔するうちに幕が下りてしまったのだが、その一方で、当の芝居がこれで終わったという感じはどうしてもやって来ない。終始誰が主役なのかも、何を言いたいのかもはっきりせず、物語が今後どこへ向かうのか、まったく見えないまま幕を下ろされたのだから、観客の憤りと不全感は当然だろう。

そうだ、これは閉幕ではなく、幕間なのだと考えてみる。幕間なら、休憩のあとに第二幕があるはずだ。そこで事の次第をさらに追究しなければ、安保関連法などとても納得するどころではない、と。そうして多くの観客が客席で待ってはいるのだが、下りた幕は再び開く気配もなく、もしやと悪い予感に駆られて劇場の入り口を覗いてみると、そこには次回の演目が『一億総活躍社会』『新三本の矢』の二本立てになるという予告が出ており、観客はため息ながらに一人去り、二人去りして客席は次第に閑散とし始めている——。秋口のいまの社会の空気は、こんなところだろうか。

今年は秋の深まりが早い。振り返れば残暑もなかったのだが、来るはずのものが来ず、来たら来たで度を越えている近年の気候変動に、為すすべのない無力感を覚えながら、ふと、この涼しさだと例年より紅葉が早いかもしれない、などと考えている私がいる。しかしその一方で、この秋は錦に染まった山々にこころが躍るという予感はない。紅葉の真っ只中に噴火した御嶽山の大惨事はまだ記憶に新しいし、解決される見込みのない福島原発の汚染水漏れのニュースを耳にするたびに、人がいなくなった広大な帰還困難地域で、誰にも眺められることのないままうつくしく色づいてゆく野や山を思ったりするからだろう。

そういえば川内原発の再稼働という芝居も、原子力規制委員会は安全基準に適合しているか否かを審査するだけであって、安全を保証するものではないという事実を国民に突きつけたまま、幕が下ろされたのだが、あれも第二幕がなければ収まらないはずだ。原発推進といい、集団的自衛権といい、いまは幕間に過ぎない。芝居は終わりではない。

二〇一六年

無能のともがら

「図書」二〇一六年一月号

労働人口に占める非正規雇用の割合が四割を超えたとメディアが報じている。三割に達したのがほんの数年前だったから、いずれ五割になり、六割になってゆくのは時間の問題なのだろう。しかも、三割だの四割だのと大きく取り上げられても、個々の生活者にとっては所詮、抽象的な数字であるからか、社会や政治を動かすほどの国民的な関心を喚起することもなく、九月に施行された労働者派遣法の改正法を危ぶむ声も、特段大きくはなっていない。

このように、四割を超えたと大々的に報じられる傍らで、非正規で働く人びとの不安や絶望は数値化されることなく埋もれてゆき、この国で働くことの厳しさは、国民全体の問題として顧みられないまま放置されている。また、こうした労働環境は、結果的にこの国の労働生産性をきわめて低いものにしているようで、昨年はOECD加盟三十四か国中二十二位、アメリカの三分の二に留まっている。だからといって、必ずしも競争力につながらない過剰な品質や過剰なサービスをすべて否定すべきだとは思わないが、そのことと企業自身が自らの生産性の低さに甘んじていることとは別の話である。そう、日本の多くの企業経営者たちは雇用者に厳しく、自分には甘いのだ。

ひところアベノミクスを礼賛し、株高に沸いていたのは、研究開発やマーケティングや経営資源の効率化によって順当に利益を上げるよりも、円安や賃金抑制によって手っ取り早く黒字を出して安穏としている企業経営者たちだった。非正規雇用のもたらす貧困が日本社会をむしばんでいる一方、たとえば京都はいま空前の高級マンション建設ラッシュで、価格帯が七億円という高額物件でも東京を中心に一〇〇〇件以上の問い合わせが殺到していると聞く。彼ら富裕層の懐に入っている資産のいくらかは、本来なら自社の雇用者の賃金に回されるべきものだったという意味では、非正規の人びとから搾り取ったものだということもできる。そんなことは考えたこともないのだろう富裕層たちが牽引してゆく国にどんな未来があるか、私には想像することもできない。

国や社会のあるべき姿について語る政治家は現れるだろうか。持続可能な新しい産業は生まれてゆくだろうか。さまざまな資源の適切な分配は行われるだろうか。人材は育ってゆくだろうか。子どもたちの教育の機会均等は保証されるだろうか。非正規雇用を増やすばかりで、人間の幸福について思いを致さない無能な政治と無能な企業が国を潰す。

勇ましい言葉の正体

北海道新聞　二〇一六年一月九日

近年にない暖冬の新年が明けた。折しも昨年十二月には、COP21(国連気候変動枠組条約第二十一回締約国会議)で、新興国を含む一九六の条約加盟国と地域すべてに温暖化ガスの削減目標の作成と履行状況の報告を義務づけた「パリ協定」が採択されたところである。一九九七年の京都議定書から時代は様変わりし、近年の海水面の上昇や大気汚染、巨大ハリケーンなどの異常気象の脅威を前に、アメリカや中国、インドなどの温暖化ガス排出大国も、ついに背を向けていられなくなったということだろうか。

控えめに言うなら、一つ一つの異常や異変が実際にどのくらい気候変動に結びついているのか、一市民には知るすべもない話ではある。また、温暖化ガス排出削減の地球規模の取り組みは、一面では厖大な金が動く排出権取引や、援助資金の熾烈な分捕り合戦の話でもある。それでも、これまで自国の利益しか眼中になかったアメリカや中国のこの変化は、私たちがいま、なにがしかの危機的な地球環境の変化に直面していることの一つの証ではあるのかもしれない。

ところで、このパリ協定を受けて日本政府も、二〇三〇年までに二〇一三年比で二六%という削減目標を発表したが、基準年を一九九〇年に置くと一八%にまで数字は下がる。ちなみにEU（欧州連合）は、九〇年比で四〇%である。昨夏の経済産業省の〈長期エネルギー需給見通し（エネルギーミックス）〉において、三〇年度の電源構成の二六%を石炭火力が占めていることを見ても、政府の口ぶりとは裏腹に、この国が温暖化ガス削減にあまり積極的でないのが透けて見えてくる。

一方、同じエネルギーミックスで原子力は電源構成の二〇〜二二%を担うとされているのだが、ここにも数字のトリック、もしくは深謀遠慮がある。というのも、関連資料の〈四十年運転制限制〉と題されたグラフを見ると、右の数字を達成するためには、どう考えても既存の原発について原則四十年の運転ルールを六十年に延長した上で、さらに原発を新設するほかないという結論になるのだ。私の理解が間違っていなければ、これは「原発依存を可能な限り低減させる」というエネルギー基本計画に明らかに反するが、それ以前に、いったい原発の新設など出来るものだろうか。出来るわけがないとすれば、それを承知の上で、既存の原発の再稼働を加速させる口実にしようということだろうか。

新年を始めるにあたり、私たちはまず、こうしていたるところに蔓延する数字の嘘や、政治の言葉の欺瞞に敏感になろう。短く分かりやすくまとめられた説明や数字は、そんなものかと呑み込む前にいったん保留にし、注意深く推移を見守るべきである。そうしなければ騙され、欺かれる。

昨年大筋合意に達したＴＰＰ（環太平洋連携協定）も例外ではない。これについては、農業分野と自動車関連の概要が伝えられているのみで、工業製品や政府調達、金融サービス、電気通信などなど、多くの分野について現状では概要すら分からない。そんななか、たとえば米、麦、牛肉・豚肉、乳製品、砂糖の重要五品目についてはおおむね国家貿易制度と枠外税率が維持され、関税引き下げもセーフガード付きと、自由化は低い水準に留まったようである。にもかかわらず政府は早速、数百億円規模の補正予算を組み、零細農家を含めた全農家に生産設備名目の補助金をばらまくという。これが政府のいう「攻めの農業」の姿である。

そして、協定の全容が不明のまま、経済効果が十四兆円だの、雇用が八十万人増といった政府試算の数字が躍っているのだが、十四兆円のなかには農林水産分野での一三〇〇億円から二一〇〇億円のマイナスもこっそり含められている。つまり、日本の農業の未来は結局、厳しいということではないか。

そういえば安倍内閣が掲げてみせた新三本の矢も、子どものいたずらかと思うほど非現実な数字が並ぶ。希望出生率一・八。名目GDP(国内総生産)六〇〇兆円。二〇二〇年の女性の管理職比率三〇%。こうした実現不可能な数字を政策目標として公に掲げるのは、結果に責任をもたないことの表明という以外に合理的な説明がつかない。消費税増税の際の軽減税率の適用範囲が、財源の手当てをしないまま決定されたのも同様である。

こうして数字が物事の正確な指標であることをやめさせられて意味を失うとき、私たちは現実を把握する回路を失い、同時に興味も失うことになる。高裁で違憲状態とされた一票の格差が十分に是正されないままになっていることなどは、その一例である。またたとえば、不正な数字を並べた大企業の決算書も、数字や言葉がただ形式を満たすためだけにある霞が関の作文も、根は同じである。そして、政治家を筆頭に誰もが個々の数字に眼を留めることすらしないのだが、その間にも、たとえば福島第一原発では汚染水が漏れ続けており、去年の時点でその廃炉・汚染水対策に二兆円、除染に二・五兆円、中間貯蔵施設に一・一兆円と試算されていた。被害者への賠償五・四兆円と合わせて十一兆円である。ここへ来て、各地で原発再稼働の動きが平然と進んでいるのは、私たちがこうした数字を見ていないからではないだろうか。

今年は参院選の年である。そのため財政再建はまた先送りとなるが、昨年は日本国債の格付けが中国や韓国よりも低いシングルAプラスに引き下げられた。本来なら国債が売られる局面だが、日銀が大量に買い入れているゆえに市場での波乱は起きようがないことをもって、財務大臣は日本の国債価格は安定していると豪語して憚らない。数字が物事の客観的な指標でなくなった不実な国の、もはや正常な国債の需給関係すら存在しなくなった恐ろしい姿がここにある。

政府から民間企業まで、往々にして現実を見ず、根拠のない数字を並べて、誰も責任を取らない。そういうことがむしろ常態であるような時代に私たちは生きている。そしてそういう心もとない政治と社会の現状のなかで、今年三月には安保関連法が施行されるのである。いずれ「武力攻撃事態」「重要影響事態」などで自衛隊が海外へ出てゆくだろうが、戦死者や戦傷者への保障を含め、これまでのＰＫＯ(国連平和維持活動)と比べものにならない厖大な戦費を支出する余裕が国庫にあるはずもない。勇ましい言葉だけが躍る愚に、乗ってはならない。

一年の計

「図書」二〇一六年二月号

成人してからは、一年の計なるものとは無縁の暮らしだった。生来、改まって何かを決意したり努力したりする晴れがましさが苦手だったからだと思う。それがどうしたことか、還暦も過ぎてからようやく人並みのことをする気になって、今年は久々に一年の計なるものをノートに書きだしてみた。すると、嫌いなこと、出来ないこと、これまで避けてきたことを克服するという努力目標が並んでしまい、まったく子どものころと同じではないかと可笑しくなった。

たとえばその一つは、日本史と古文の学び直しであるが、中学時代から日本史と古文・漢文は私の二大鬼門だった。それが証拠に、この頭のなかでは室町時代あたりがいまだに渾然としているし、古文は基本中の基本の係り結びさえあやふやな体たらくである。半世紀も漫然と放置してきたそれらに、今年こそ再挑戦してみようと思い立ったのだ。

もっとも、その根底には物書きとしての日本語への関心があるので、まったく突拍子もない話というわけではない。また、万葉仮名まで遡る日本語や日本史への眼差しは、当然日本とは何かという問いを含み、それはさらに私たちが生きている今日の日本の姿へといずれ還元されてゆくはずだが、当面の言葉の営みとしては、今年は政治や経済などの時局には少し距離を置き、より慎重に、より幅広く人間と社会について考えることになるだろうと思う。

昨年は、日本各地の街頭に政治に目覚めた若者たちの姿が見られた。先鋭な思想的確信や政治的意思ではなく、ただ平和に暮らしたいだけの人びとが一人、また一人立ち上がり始めたというのは、けっして幻想ではないと思う。それほど大きな時代の転換期にあえて古文・漢文というのは、時代に抗する私なりの意思表示のつもりである。言葉を軽んじるゆえに熟慮も議論もない大言壮語が幅を利かし、党利党略と選挙のためならあらゆる原則を踏みにじって恥じない政治に対して、一物書きとしては無視と行動で応じようと思う。メディアの言説に躍らされず、政治家たちの言動に対しては軽々に騒がず語らず、人間の営みを見つめて言葉を研ぎ澄ませ、黙って選挙に行くのだ。

ところで、今年挑戦すると決めたことは、ほかにもいくつかあるが、どれも他愛ない。一つ、もう読むことはないだろう書籍と資料の処分。一つ、物置の整理。一つ、水泳を始めること。そしてもう一つ、遅ればせながらスマートフォンの利用者(愛用者ではない)になること。

デジタルクローンの傍らで

「図書」二〇一六年三月号

年初に、文芸誌の「三十年後の世界」という特集に短編小説を一本寄せた。それを機に、三十年後の暮らしがどんなふうになっているかを想像してみたのだが、セルロースナノファイバーのような新素材の普及や、車両の自動運行システムといった社会インフラなど、科学技術の未来についてはあれこれ数え上げることができるのに、その技術が活かされた豊かな社会の姿を思い浮かべることができない自分がいた。端的に、地震や火山噴火などの自然災害や気候変動、世界経済の低迷と食糧危機、貧困とテロの拡大などなど、未来社会はむしろ、いまよりずっと後退しているような気がしてならないのだ。

もっとも、そんな後ろ向きの人間はごく少数派なのかもしれない。量子コンピューターの実用化も近い昨今、ＡＩ（人工知能）の性能は等比級数的に向上し続けているが、それに伴って人間も、たとえばデジタルクローンのように、ひと昔前には考えつくこともなかっただろうことを考えるようになっている。研究者によれば、ＳＮＳやＬＩＮＥやインスタグラムに日々蓄積されてゆくXという個人の呟き、写真、動画、さらにはウェアラブル端末に記録される生活パターンなどの夥しいライフログから、AIは数十年をかけてXという人間を構成する詳密なアルゴリズムを見つけ出してゆき、やがてデジタル空間上にXのクローンが出来上がるという。人間のXが死んだあとも、デジタルクローンのXは永遠に生き続け、家族や友人と一緒に暮らし、会話をし、泣いたり笑ったりする。望むならばXのアンドロイドをつくることも、3Dホログラムにすることもできる。SFやおとぎ話ではなく、実現可能な技術として人間が手にしようとしているこの不死のかたちは、まさに人間の新たな欲望そのものである。

そして、そんな欲望の追求にひた走る世界がある一方、シリア難民は着の身着のまま欧州へ逃れ続け、昨年末のフランスに続いて年明けからは、トルコやインドネシアでもイスラム国のテロが相次いでいるのだ。朝鮮半島では北朝鮮が四度目の核実験を行い、軍事境界線をはさんだ南北の対峙はいつ武力衝突に発展するか分からない。加えて、中国の景気減速と、原油安に苦しむ産油国が世界経済を不安定にしており、平和や繁栄はいま、世界のどこを見渡しても影をひそめているのだが、それでもAIやクラウド・コンピューティングの進化だけは止まる気配もない。人間の営みの、完全に方向性を失ったこの分裂は、文明にとって危機的ではないだろうか。

いつの間にこんな話が……

「図書」二〇一六年四月号

子どものころ、日曜日毎に神戸港に連れて行かれた。そのせいで船が好きになったのだと思うが、プラモデルの戦艦から小さなポンポン船、漁船、貨物船、タンカーに至るまで、船と名のつくものにはとにかく胸が躍る。神戸にはかつて、海事関連書籍専門の有名な海文堂書店があり、そこで見つけた北転船の写真集はいまも私の宝物だ。そして、そんな船への愛着は、当然のことながら太平洋戦争の多くの海戦史や、撃沈された数多の民間船の悲劇への関心につながり、戦後生まれにしては、海事全般と戦争についての感度のいいアンテナがつくられたのではないかと思う。

ところで二月に、大型船舶の運航に必要な海技士の免許をもつ民間船員を予備自衛官にして有事に活用するという、防衛省の計画についての新聞記事を読んだ。新聞が日々報じる政治や社会の話題は、事故や事件や災害などの一回限りの出来事を除けば、どれも既存の脈絡のなかに位置づけられる場合がほとんどであり、朝一番に開く新聞であっても驚くような記事はそんなに多くはないのだが、右の防衛省の記事には思わずこの眼を疑った。私が特別なアンテナをもっているから驚いたのか、それともそんなアンテナを持たない人も驚いたのか、それは分からない。

戦後七十一年、いつか戦場に駆り出される日を覚悟して船乗りになった人などいないはずだ。海技士の一級や二級は合格者も少ない超難関だが、記事によれば元海上自衛官で有資格者の予備自衛官は十名ほどしかおらず、輸送艦も三隻しかないため、民間の船舶と船員をあてにしなければ、戦闘員や装備の海上輸送さえ、ままならないということらしい。これについては全日本海員組合が反発しているというが、ひとたび有事となれば、それこそ非常事態法などによって強制的に民間船舶と船員が徴用されることになるかもしれない。

ひと昔前には想像もできなかった、こんな無謀な計画が現実に防衛省で練られ、それがさりと記事になる。テレビなどのメディアはどこも騒がず、こうして一つ、また一つタガが外れてゆくのを止める政治家もいない。たとえば多数の負傷者に即応するだけの外科処置の能力を持たない自衛隊が、戦場へ出てゆくことの異様。そもそも敵地攻撃能力など端から持っていないのに、その可能性が大声で語られる異様。輸送艦が三隻しかないのに、集団的自衛権に地理的制約はないとされる異様。平和な朝のいつもの新聞のすみずみに、異様を異様と感じなくなった時代の異様が覗いている。

アメリカのいま

「図書」二〇一六年五月号

大統領候補を決める予備選挙に沸くアメリカは三月現在、オバマ大統領が誕生した二〇〇九年が幻だったかのような光景となっている。政治の目的とは所詮、国民を富ませることだとすれば、政治家に求められるのは、そのための多岐にわたる合意形成と政策の推進を措いてほかにない。どれほど雄弁に国富や国民の幸福を語っても、結果が伴わなければ、すべては無だということだ。しかしその一方で、今年の予備選では、理想を語る雄弁、問題解決の労を惜しまないリーダーシップ、そして集金能力といった従来の基準では推し量ることのできない候補者たちが現れ、外れるはずのない選挙のプロたちの予想が外れ続けているのである。

たとえば、アメリカではロビー活動による政治家と企業や業界の結びつきは日本よりはるかにオープン、且つ強力で、業界からどれだけ多くの金を集めるかが政治家の力とされてきたのだが、ウォール街から圧倒的な支持を得てきた民主党のクリントン候補が、けっして楽勝とはなっていない状況を見ると、ここに来てアメリカの政治には確かに、なにがしかの異変が起きているようではある。

私たち日本人には、集金力がそのまま政治家の力と見なされるような国の政治家像を理解するのは容易ではないが、ドナルド・トランプなる実業家が共和党の主流派をけちらして快進撃を続ける光景は、アメリカと日本の国情の違いをあらためて私たちに突きつけるものではあろう。多方面で物議をかもしている直截な発言も、排他的なアジテーションも、すべては中間層に向けた既存の政治がすくいとることの出来なかった底辺の声に応えるものだとすれば、支持者の熱狂ぶりはむしろ不安に満ちたアメリカの現実を映していると言えるが、それにしても私たち日本人は、こんなに身も蓋もないアメリカを見たことがあっただろうか。

何より衝撃的なのは、長らく民主主義国家のお手本だったアメリカの政治がいま、アメリカ国民の眼に公正なものと映らなくなっているらしい、という事実である。アメリカの政治はこれまでも石油メジャーや軍需産業、自動車メーカー、製薬会社などの献金によって少なからず歪められてきたと言われるが、それでも私たちは、アメリカ社会はなおも民主主義と多様性の輝きを失ってはいないと思い込んできたように思う。ひるがえって強いアメリカ、白いアメリカを求めるアメリカの潜在意識が噴き出した今年の予備選挙の風景は、アメリカとは何かと、あらためて日本人に自問させるものとなっている。

自然の営みが抱きしめてくれる

熊本日日新聞 二〇一六年五月二十日

年初に、今年の夏は久々に旅をしようと思い立ち、東京と大阪の友人三人を誘ったところだった。そこで、どこへ行こうかという話になったとき、私を含めた全員が〈九州〉と口を揃え、九州なら〈熊本〉と五秒で行き先が決まっていたのはけっして偶然ではない。昔から風光明媚の上に温泉、歴史的遺構、山と海の幸、どれをとっても豊かだった熊本が、近年の観光列車の導入や新たな観光開発によるブランド化によって、いまや超一流の観光地として全国に認知されるようになった結果が、〈いざ熊本へ〉である。

そして、私たち東京や大阪の人間が熊本を思い浮かべたもう一つの理由は、大きな自然災害のイメージがなかったことだった。阪神・淡路大震災や東日本大震災は言うに及ばず、この四半世紀というもの、ほぼ毎年日本のどこかでマグニチュード六〜七の大地震が起きており、九州でも二〇〇五年の福岡県西方沖地震や、昨年十一月の薩摩半島西方沖地震は記憶に新しい。そのおかげで、家が潰れ、山や道路が崩れ、ときに津波に呑まれることもある地震の一つ一つの記憶は、いまや風化する時間すらないのだが、そのなかで熊本は、これまで震災のイメージがない稀有な土地だったのである。（記録では、一八八九年に二十人が死亡した熊本地震があったそうだが、一般には知られていない。）

そんな熊本と大分を大地震が襲った。二十一年前の阪神・淡路大震災のとき、阪神間で地震は起きないと思い込んでいた私は、震度六の揺れに見舞われながら、なおも地震だとは思わなかったのだが、熊本や大分の人びともとっさに何が起きたのか分からなかったことだろう。大地そのものが激しく揺れ動く間、人はまさに自らの死と直面するのか、声も出ず、ただ呆然自失するばかりとなる。

一報を聞いたとき、一年前に国立ハンセン病療養所・菊池恵楓園を訪ねたときに見た合志市の田園風景を思い浮かべた。それは私にとって初めての熊本だったが、飛行機から見た阿蘇山の噴煙に感動し、地上に降り立ってからは見渡す限り平らな農地の、火山灰土と腐植で出来た黒ボク土の色に興奮したものだった。人はまさに、大地の色の違い一つに異郷を感じるのである。私が見た畑はトウモロコシや甘藷の苗が植わっていたが、あの、見るからにふかふかとして水はけの良さそうな大地が揺さぶられ、ずれ動いたのかと悪寒が止まらなかった。

当世は日本のどこで地震が起きてもおかしくないと言われる一方、個々の地震は、起きてみて初めて人間の前にその姿を現す。そして私たちは、そのつど驚きと恐怖と絶望を新たにするだけで、けっして慣れることはない。震災は、地盤や地形や市街地の有無によってさまざまな姿になる上に、個々の被災者にとって、失った家族の命はもちろん、破壊された家や町や風景はそれぞれ代替のきかない絶対的なものだからである。壊れた家を物理的に再建することはできるが、大地震は人の心にそれぞれ埋め戻すことのできない大穴をあけ、その人の価値観や世界観を一変させるのである。

かくして多くの喪失を経て見え方が変わってしまった世界は、もはや以前のようには明るくないかもしれない。しかし、それでも人は是も非もなく生きてゆくし、それが生命というものだろう。元ハンセン病患者たちが菊池恵楓園で営々と重ねてきた年月がそうであるように、人はみな、地震で打ちひしがれるときは打ちひしがれ、恨むときは恨み、生きるときは生きるほかないのかもしれない。そしてたぶん、地震前と何一つ変わらない自然の営みが、そういう人間を抱きしめてくれるのかもしれない。この夏には、予定通り私も友人たちと熊本を訪ね、黒ボク土の大地をゆっくり歩きたいと思う。

失われたもの

「図書」二〇一六年六月号

この四半世紀、仕事で日本各地をあわただしく飛び回ることはあっても、いわゆる旅や観光はしたことがなく、特段どこかへ行きたいと思ったこともない偏屈な仕事人間だった。そこに少し変化が起きたのは、機会があればいつか訪ねたいと漠然と思い描いていた三陸沿岸の風景が、東日本大震災によって突然、失われてしまったことに気づいたときだった。破壊されたのが主に都市インフラだった阪神・淡路大震災では、自然の地形にはほとんど変化はなく、結果的に子どものころから慣れ親しんだ神戸の風景はほぼ残ったので、ある日何かが決定的に失われるという経験をしたのは、私の場合、かの三・一一が初めてだったのである。

そのとき、この世には思いがけず失われてしまうものがあるのだから、機会があるうちに観るべきものは観、訪ねるべきは訪ねておかなければと思い、生まれて初めて旅をしようかと思った。それから五年を経た今年初め、いずれも還暦を過ぎた友人たちと初夏の九州旅行をしようと話し合い、熊本は南阿蘇から黒川温泉を経て天草へ足を延ばす計画を立てて、宿や飛行機の予約も取った。そこへ熊本地震である。

熊本から大分にかけて活断層が次々に動いた大地震により、私が訪れることにしていた南阿蘇一帯の風景は一変し、阿蘇大橋や阿蘇神社の楼門も失われ、熊本城は修復に二十年かかるという壊れ方となった。仕事でわりに足を運ぶことが多い九州なので、失われた阿蘇周辺の風景をそれなりに思い浮かべることは出来るが、地震で崩落した山や渓谷の映像を目の当たりにして思うのは、かつて見たうつくしい風景はもはや私たちの記憶のなかにしかない、という事実である。

思えば、どの地震でも、生まれ育った町並みや自宅を失った人びとのこころに大穴を開けるのは、それらをもうこの眼で見ることができない、という事実なのだ。大切な人との死別と同じく、もはや記憶のなかにしかないという意味で、突然過去形になってしまった我が家とそこでの暮らしの残像に見入って、人は放心する。私のようにたんに旅行を企てていただけの人間でも、失われてしまった阿蘇の風景の断片を、わずかな記憶のなかに探して放心する。

地震や火山の活動期に入ったと言われるいま、この国では故郷の風景も家も暮らしも永遠に変わらずにいられるものは何ひとつない。そのことを、このたびの熊本地震でまたも突きつけられながら、私は、それでも諦めきれないのが人間というものだと思いつつ、悶々としている。

理解できないことども

「図書」二〇一六年七月号

近ごろ、どうしてこんなことが起こるのか理解できずに、途方にくれるということが多い。たとえば地震であれば、これまでの知見に従って、おおよそのメカニズムや周期や終息に至る過程などを判断し、その上で私たちは次の一歩を踏み出すことになるが、四月の熊本地震は気象庁が「過去に例がない」と言い出す始末で、一か月経っても余震は止む気配もない。地殻変動は誰のせいでもないけれども、揺れ続ける大地を前に、被災者もそうではない者も、復旧や再建のはるか手前で、何かしら呑み込めない思いに捉われたまま立ち尽くしている今日このごろである。

また熊本地震では、二〇〇〇年以降の新しい耐震基準で建てられた住宅が相当数全壊したことから、現行の基準は震度七の揺れに一回は耐えられても、その後は著しく強度が落ちる可能性が浮かび上がった。つまり、耐震化工事は家の下敷きになるのを避けるためのものに過ぎず、一度でも震度七の揺れに襲われた住宅は、もはや長く住み続けられる代物ではなくなるということだが、そうであるなら、この地震国でマイホームなど持つものではないということになろうか。

ところで被災地では、住人が避難している家を狙った空き巣が横行しているというが、そんな無情とは無縁なのが日本の地域社会ではなかったか。私たちが長らくよすがとしてきたものが、こうして根底から揺るがされる一方、アメリカでもついにトランプ大統領が現実味を帯びてきた。いま、私たちは「日米安保条約のない日本」、あるいは「在日米軍の駐留経費を全額負担する日本」を想定しなければならなくなっているのだが、米軍の戦力を当てにしない日本の国防の姿というのがまったく思い浮かばないのは、私だけだろうか。アメリカが去った東アジアの未来図もまた、日本人の戦後の価値観そのものを根こそぎにしなければ思い描くことはできないということだが、時代の変化とはまさに、従来の常識が通用しなくなることなのだと思い知らされる。

そういえば二〇二〇年の東京オリンピックも、国立競技場やロゴマークをめぐるぶざまな二転三転だけでは終わらず、今度は日本の招致委員会がIOC関係者に巨額の裏金を積んでいた疑惑が報じられた。これもまた、古い頭ではなぜこんなことが起こるのか理解できないのだが、なるほど、これももう私の世代が知っている日本ではないことの証の一つなのだろう。それとも、時代が変わったというより、私の世代が見てきた日本こそ幻想だったのだろうか。

二〇一六年のヒロシマ

「図書」二〇一六年八月号

オバマ大統領が広島の原爆慰霊碑の前で核廃絶への希望を語る――。それ自体、不思議な光景だったが、それ以上に、大統領の車列を一目見ようと平和公園の外で列をなした市民たち、その手に握りしめられた歓迎の星条旗、さらには大統領の一挙手一投足を追うテレビの中継映像、街頭インタビューに応じる人びとの感動の面持ちなどが、私にはひどく不思議に感じられた。もっと言えば、一日本人として、大きな違和感とともに「なぜ」と自問せずにはいられなかった。なぜ、あの日広島には怒りの声一つなかったのか。なぜ、誰ひとりとしてアメリカの原爆投下を非難しなかったのか。

日米双方にとって、現職のアメリカ大統領の広島訪問が歴史的な出来事であったことは間違いない。その上で、原爆投下が国家の意思であった以上、アメリカにとって日本国民への謝罪など論外であることも、ひとまず理解はできる。さらに、オバマ氏にとって広島訪問はプラハでの自身の歴史的演説の仕上げであり、また安倍首相にとっても、自身の支持率アップを狙った絶好の政治ショーだったことも理解できる。しかしあくまで、そうした日米の指導者の政治的思惑と、被爆者の思いは別のはずだ。戦時下とはいえ一般市民が史上初の原子爆弾の実験台にされ、想像を絶する地獄絵図を味わわせられたことの怒りと恨みは、戦後の平和の下で行き場を失っただけで、けっして消え去ってはいない。そう思い込んできた私にとって、抗議行動どころか歓迎ムード一色だったオバマ氏の広島訪問は、いろいろな意味で戦後の日本人の在り方への思いを揺るがすものとなった。

戦後七十一年の日本の歩みと現在の立ち位置を考えるとき、アメリカによる原爆投下がまぎれもなく人道への罪であった事実を黙って呑み込むほかないのは、私たち日本人が耐えしのばなければならない不条理であり、歴史の非情である。だからこそ、なおさら個々人の怒りは燃え続けるほかなく、被爆地も被爆地である限り、その怒りを永久に刻み続けるほかない。そう信じてきた私だが、オバマ氏の広島訪問の風景は、この国において、原爆を落とされたことの怒りや苦しみはもはや完全に風化したことを告げるものだった。かくしてヒロシマ・ナガサキは核兵器の悲劇のシンボルとなる一方、苦しみの主体だった被爆者たちと日本人の怒りは漂白され、核兵器廃絶の理想を語る言葉だけが躍る。核のボタンを持参して平和公園に立ったオバマ氏と、怒りを失った被爆地の姿が、くしくも核兵器に溢れた世界の現実を表している。

変質し始めた戦争の記憶

北海道新聞　二〇一六年八月十三日

戦争を経験した者も経験していない者も、夏になればお盆に精霊を迎えるようにして、過去の戦争の記憶を呼び戻すのが戦後の日本人だった。しかし、そこに伴っていたなにがしかの煩悶や平和への思いはいまや確実に薄れ、私たちは先ごろの参院選で、戦後日本の歩みを支えてきた現行憲法の書き換えを目指す自公政権を、圧勝させたところである。

振り返れば、五月のオバマ大統領の広島訪問では、日本じゅうが歓迎ムード一色に染まり、老いた被爆者を抱きしめる大統領の姿に感動したのだった。しかし、その歴史的訪問の実態は、原爆資料館(平和記念資料館)をわずか十分ほどで通り過ぎ、原爆投下について遺憾の意を表明することもなく、世界に向けて核兵器廃絶の理想を語っただけではないか。謝罪は政治的に無理でも、核兵器廃絶を詠うのなら、オバマ氏はせめて時間をかけて資料館の展示に見入るぐらいのことはすべきだったのではないか。

とまれあの日、広島のどこにも怒りの声一つなかったことこそ、まさに歴史的な出来事だったかもしれない。そう、人類史上初の原爆投下に対する被爆地の怒りは、すでにこの国から消えてしまったということなのだ。

二〇一六年八月のいま、七十一年前の戦争を直に体験した元兵士たちはゆうに九十を超え、学徒勤労動員で軍需工場に送られた国民学校の元生徒たちも、すでに八十代半ばとなった。当初は鮮明だった彼らの記憶も、年月とともに確実に細部が失われて切れ切れになり、人の記憶の常として、その一部は変形したり、さまざまに書き換えられたりしていることだろう。それに、同じ戦争であっても兵士と学徒、内地と外地、送られた戦地などによって状況は大きく異なっていたことを考えると、たとえ体験者であっても、そもそも戦争の全体像などは捉えるすべがないのである。

これを言い換えれば、どんな戦争も、国民の物語として公に語り直されて初めて「歴史」として定着するということである。かつての八紘一宇や五族協和の例を見れば、国家や為政者が語る物語はときに国の行く末を過つ危うさも孕んでいるが、一方で、国民の物語としての「歴史」は自然発生することはないし、公に語られない限り、どんなに大きな出来事もいずれ年月に埋もれてゆくことになる。ちなみに戦後の日本は、占領期と東西冷戦という複雑な内外の情勢があったおかげで、過去の戦争を自発的に総括して国民の物語を語るということができなかった。その代わりに、現行憲法をもって戦争の総括の代替とし、国民の物語としてきたのだと言ってよい。

戦争が公の物語になることのなかったこの国では、復興期とそれに続く高度成長時代に、個々人の直接の戦争体験もまた出口を失ってゆくほかなかったが、それでも戦争の記憶は、一九六五年から毎年八月十五日に日本武道館で開かれてきた全国戦没者追悼式や、それに先立つ八月六日の広島の平和記念式典、九日の長崎の平和祈念式典などによって、私たちの社会にかろうじて留まり続けた。

そうして全国戦没者追悼式も原爆の日も、いつしか日本の夏の風景の一つになったのだが、風景となった戦争の記憶は、もはやそれが実際にはどのようなものであったかを一切語らないし、そこにあったはずの悲惨や苦しみもすでに漂白されて跡形もない。私たちは今日、広島の原爆ドームを見ても、あるいは沖縄の洞窟にいまなお残る遺骨を見ても、一定の厳粛な気分を味わいはするが、恐怖を感じることはないのだ。

このように、私たちが「過去の戦争」とか「戦争の記憶」と呼んでいるものは、爆弾の雨も、その下の阿鼻叫喚もちぎれ飛ぶ肉片もない、どこまでも具体性を欠いたあいまいな記号でしかない。そして二十一世紀のいま、公の物語がないゆえの全体的な知識の欠如と無関心の下で、戦争の記憶自体が明らかに変質し始めているのである。

たとえば最近、若い作家たちが過去の戦争を積極的に小説の題材にし始めているが、刊行年を知らなければ、終戦から間もない時期に書かれたと見紛う、それっぽさではある。戦争の本態は、体験者であってもその全体像を言い当てられない多様性にあるが、現代のインターネットには個別の体験談や情報だけは山のように溢れているし、記録映像も豊富にある。すなわち、戦争を知らなくても、その気になれば誰でも戦争もどきを描けるのが現代なのだが、そうして提示されるのは全人格的身体体験としての戦争ではない、いわば精巧なバーチャルリアリティである。そのため、そうして新たに描かれる戦争は、ときに軽快な謎解きゲームの道具立てになったり、ある種の抒情の背景になったりもする。

もちろん、現代の人間が過去の戦争を表現しようと思えば、すべて創作になるほかないが、あえて戦争と向き合う強固な内的必然を欠いたまま、過去の戦争はこうしていまや目新しい素材として再発見され、器用に消費されてゆくのである。この文芸の一つの風景は、オバマ氏の広島訪問に誰一人違和感を訴えなかったこの国の〈いま〉に重なる。

そして、私たち日本人の心身において、過去の戦争が実質的な意味を失って記号と化したことは、日本社会の鮮明な意識の変化となって現れている。戦後日本の平和への決意と一つであった現行憲法を否定し、その書き換えを目指す現政権が、有権者の圧倒的支持を得ていることがそれである。自民党の改正憲法草案では、前文の冒頭に「日本国」が置かれ、国民は誇りと気概をもって国と郷土を守るものとされている。そこにはもはや過去の戦争は影もかたちもなく、代わりに「長い歴史と固有の文化」や「良き伝統」をもつ「我が国」が出現しているのだが、これも身体体験を欠いたバーチャルリアリティだろう。

かくして私たちの心身からは、いわく言い難いものとしての複雑きわまりない歴史への眼差しが消え、国家の為す戦争への絶望の記憶が消え、爆弾で吹き飛ばされる生身の身体への想像力が消えた。このことは、裏を返せば平和への切実な希求も消えたことを意味する。そして代わりに、過去の戦争も憲法の条文もバーチャルリアリティとして再生・消費され、それを自然に受け入れる国民が大勢となった。これは風化ではなく、まさに変化と呼ぶべき事態だろう。戦後七十一年にして、私たち日本人はいつの間にか、まったく新しい地平に立っているのである。

少数派の独り言

「図書」二〇一六年九月号

国民投票などで社会を根底から変えるような大きな選択をするとき、これはほんとうに自分の望んだことなのか、あるいは違うのか、誰しも考えれば考えるほど分からなくなってしまうのではないだろうか。たとえばＥＵ離脱の是非を問うイギリスの国民投票も、熱狂が冷めたあとには、多くの国民にとって離脱という現実だけが残っていたのではないだろうか。もちろん、起きてしまったことはもう元には戻らない。一つ間違えば国家の分裂につながらないとも限らない、そんな決定的な選択が、日常生活の傍らで日めくりを一枚めくるようにして起こり、過ぎてゆくのが、私たちのもっている投票という権利の行使の現実なのだ。

与党とその補完勢力で三分の二を超える議席を獲得する結果となった先の参院選も、終わってみれば、これが戦後日本の決定的な曲がり角になるという実感はむしろ茫洋としており、一日本人として何をどう悔やみ、怖れたらよいのか、なかなか明確な言葉はない。老いも若きも将来不安を抱え、ただひたすら安定を求めた結果が与党の圧勝だとすれば、筆者のように三分の二を怖れるのはいまや少数派の杞憂、もしくは時代の趨勢に反した特殊な考え方ということにもなろう。選挙前、消費増税の公約を撤回して「新しい判断」と言ってのけた首相の朝令暮改について、増税延期は有り難いのだから言葉などはどうでもいいというのがいまや国民の常識であり、政治家にあるまじき詭弁だと憤慨するほうが例外になったということである。

憲法は、時代に合わせて変えればよい。憲法前文の主語が国民から国家に変わっても大したことではない。それよりとにかく景気対策を！　こう叫ぶ多数派は、この先起きるであろうことへの想像力を決定的に欠いてはいるが、何であれ時代の大きな流れをつくり、そこに自ら呑み込まれてゆくのが多数派というものだろう。一方、少数派が信じる民主主義の理念や立憲主義と、幾ばくかの理性や知性はここへ来てついに過去の遺物になり、両者の間には乗り越えられない決定的な壁が出現しているのかもしれない。かの「新しい判断」がそうであるように、多数派は少数派には理解できない言葉や論理を使うため、両者をつなぐ回路は基本的に存在し得ない。それでもわずかばかりの理性ゆえに、少数派はなおもこの国の未来を案じることを止められないし、小説家は人間への眼差しを捨てることもできないのだが、筆者にはいま、自身の視線が少しずつ同時代を離れてゆきそうな予感もある。

お祭りのあと

「図書」二〇一六年十月号

今夏は、広島・長崎の原爆の日や終戦記念日と、四年に一度のオリンピックの開催時期が重なったために、例年に比べて戦争を振り返る機会が少なかったように思う。また、連日の日本選手の活躍に沸くオリンピックのニュースの隣では、復興の進まない熊本地震の被災地の現状や、沖縄県東村高江のヘリパッド建設、北朝鮮のミサイル発射、尖閣諸島の実効支配を狙う中国艦船の領海侵犯などが伝えられていた。オリンピックがなければ、どれも新聞やテレビ報道のトップに来るはずの重要な出来事である。それらが、さしたる異論もなくスポーツの祭典のお祭り騒ぎに押しやられてゆく光景に、この国の〈いま〉を見る思いがした。

この間、大きく扱われた唯一の例外は、生前退位の意向を強くにじませた天皇のお気持ち表明だったが、皇位継承問題だけでなく、象徴天皇のあり方にまで影響が及びかねない大問題にもかかわらず、これも結局オリンピックの喧噪に押し流されてしまい、国民が深刻に受け止めた様子はない。

オリンピックを楽しむのはいいが、所詮スポーツではないか。ちょうど同じ時期に開催されていた高校野球も片隅に押しやって、全国紙や公共放送が突然オリンピック一色になってしまうのが自然の成り行きであるはずもない。これは、いくらかは大衆の気分と政治の思惑を反映した結果であって、例年のように国民が過去の戦争を振り返って平和への思いを新たにするより、オリンピックに沸いていてくれたほうが、政権にとっては内外のきな臭い状況から国民の眼を逸らせるという意味で、都合がよいということかもしれない。

ふつうの人間は、複数の事柄を同時に注視することはできない。数あるトピックのなかからオリンピック観戦を選んだとき、たとえば沖縄の現状や、天皇の生前退位の可能性や、日銀の金融政策の是非などへの目配りは大きく減じる以外にない。してみれば、こうしたお祭り騒ぎをつくりだしているのは、私たち自身だということもできよう。扱いは小さくとも、内外の重要な出来事は日々報じられている以上、それに注意を払わないのは私たちなのだ。よりよく生きるために、時代に足をすくわれないために、私たちは相当強い意思を発動させなければならない、ということである。

今夏も、安倍首相の覚えめでたい女性閣僚二人が、政権の最右翼に坐ろうということなのか、終戦の日に意気揚々と靖国神社を参拝したが、オリンピックのどさくさに紛れたのでなければ、なんと恐ろしい女性たちだろうか。

ほんとうはよく分からないこと

「図書」二〇一六年十一月号

八月にあった天皇のお気持ちの表明について新聞社から感想を求められたとき、反射的に〈これは言ってはならない〉という一定の自制が働いた結果、もっとも正直な思いを迂回して「これはたいへんな事態になったと思いました」と応えていた。「たいへんな事態」とは、皇室典範の改正という政治手続きを必要とする生前退位への意思を、政治に関わってはならない天皇が、公の電波をつかって国民に表明してしまったこと、そのことである。

天皇のお言葉そのものは、生前退位の意思を婉曲ににおわせる慎重な表現に終始してはいたが、テレビで全国に中継されたそれは、結果的に国民と政府になにがしかの具体的な行動を促すものであり、七十一年前の玉音放送を除けば、私たち日本人が初めて経験する、きわめて特異な事態だったと言ってよい。十数分のお言葉の中継を観ている間、私自身はなんとも言えない違和感を覚え、詰まるところ、これは憲法に定められている象徴天皇の範囲を越えているのかもしれない、と考えていたのだが、初めに〈これは言ってはならない〉と自制したのは、まさにその「憲法違反」の一語である。

現代の日本人はおおむね天皇に対する負の感情はもたないが、それでも天皇が国民や政府に何事かを直接訴える行為そのものへの違和感は小さくない。戦後の日本において、天皇は実質的に、あくまで皇居の森の向こうに空気のようにあるもの、ときどき国民の前に姿を見せてにこやかに手を振り、災害の被災地の慰問や慰霊を行うほかは、国民の眼に触れない御簾の奥で五穀豊穣の祭祀を司るもの、というイメージを越える者ではなかったからだ。いついかなるときも個人の感情や欲望を表にだすことはない、その超人的な立ち居振る舞いを見慣れた私たちは、天皇とて老いもすれば病気にもなる人間であることを忘れて、なんとなく現状を肯定し、あるいは黙認、放置してきたと言い換えてもよい。

しかし、今回提起された問題は、特別措置法や皇室典範の改正で片付くという話ではない。私は子どものころから、日本国と日本国民統合の「象徴」という言葉の意味がよく分からなかったし、いまも分からない。「象徴」であるゆえに、天皇は国民の前では生身の人間の顔を隠し、タブーに包まれ、見えないヴェールで国民と隔てられているのだが、ここに国家の制度としての無理はないのだろうか。この自由な日本で、国民が〈これは言ってはならない〉と反射的に口をつぐむような対象として在る「象徴」とは、いったい何なのだろうか。

もう後がない

「図書」二〇一六年十二月号

予想もしなかった自然災害や事故、事件などに接するたびに私たちは為すすべもなく悄然となるが、またすぐに日常に引き戻されてしまい、何が問題となっていたのか、何を考えなければならなかったのか、思いだすこともできずに押し流されてゆくことの繰り返しではある。それでもいま、言葉にならない皮膚感覚のレベルで、この国の内外の情勢や、社会や生活のさまざまな状況が、破れかぶれで寒々しいものになっているのを感じない人はいないのではないだろうか。

科学技術の進歩はいまもとどまるところを知らないが、日本でも海外でも人間の綜合的な知力は年々細り、いま私たちの眼前に広がっているのは、熟慮を欠いた野蛮な欲望が急激に支配的になっている世界ではないか。たとえば、私たちはシリアの空爆をなぜ止めることができない？　当事者たちに各々利害はあっても、少し前までなら国際社会は何としても停戦や空爆停止の合意にこぎつけていただろう。それがもはや出来なくなった世界の出現は、結果的に難民流入による欧米社会の不安定化を招き、イスラム過激派のテロを触発することになっているのである。また、平和と協調のための既存の枠組みが機能しなくなった世界では、国家の利害も剝き出しになる。ロシアのクリミア併合や、南シナ海での中国の傍若無人を、二十年前に誰が想像しただろうか。こうした時代の潮流はこの日本の戦後の歩みをも大転換させ、憲法違反をものともせずに集団的自衛権行使に突き進む、無思慮を絵に描いたような軽薄な政治を生み出した。

いま世界に蔓延しているのは、論理の整合性を欠いた欲望であり、論理の破綻をものともしない暴走の連鎖である。アメリカや中国やロシアはそれぞれ自国に都合のよい理屈で弱者を蹴散らして物事を強行し、日本をはじめ世界じゅうの国々がそれに追従する。正義や公正ではなく、当面の損得や不作為を優先して論理を無視することが広く当たり前になった世界の一角に、沖縄の米軍基地、高速増殖炉《もんじゅ》の廃炉、福島第一原発の汚染水処理、間もなく満期となる日米原子力協定と核燃料サイクル事業の行く末、はたまた天皇の生前退位のための法整備などの諸問題が連なっている。

そこかしこで無理が通れば道理が引っ込み、次々に整合性を失って破綻してゆく物事は、一時的な辻褄合わせが施されても、最後は放置されるほかはない。集団的自衛権行使の最初の一歩とするために、ＰＫＯ五原則を無視して南スーダンに派遣されている自衛隊は、まさにその例である。

講演録

私たちはいま、どういう時代に生きているのだろうか

二〇一三年五月二十五日「信州岩波講座」講演

本日の演題はなんだか漠としたものになっておりますが、実はこの私自身がいま、一番自問自答しているのがこれ、すなわち「私たちはいま、どういう時代に生きているのだろうか」ということなのです。

ひとまず仕事もあり、生活もなんとか安定している一小説家が、どうしてまた「いまはどういう時代なのか」と、わざわざ考え込んでいるのか、考えてみれば異様なことであります。けれども、おそらく今日ここにお越しの皆さんも同じではないでしょうか。個別の問題もさることながら、この社会全体を被っている漠とした空気感や、なんとなく目につくようになっ

たさまざまな風潮を眺めるにつけ、「これはいったいどういう時代なのだろうか」と、思わず自問しておられるのではないでしょうか。いまがどういう時代であるか、私たち市井の生活者がわざわざ立ち止まって考えている――そんなことをするのは、要は「少し前までと様子が違う」ということですし、どこがどうと尋ねられると答えられないけれども「何か違和感がある」「この先どうなってゆくのか分からない」ということであります。先行きが見えないのは不安ですから、なんとかして見ようとするのだけれども、どうにもはっきりしない。――かくして、自分でもひどく漠然としているのを承知の上で、いったい「いまはどういう時代なのだろうか」と、奇妙な問いを立ててみるわけであります。

ちなみに、ここでいう時代とは、社会全体の空気という大きな括りだけではなく、政治状況、景気や国民所得の増減、失業率などを含めた経済状況の全体、あるいは人口構成の現状、医療と社会福祉をふくむ社会制度全体、学校と子どもたちの現状、そしてもちろん国防と外交の現状、国際情勢なども含まれておりますし、いま並べたような個別の問題が一つ一つの織り目をなしている――そういう織物としての時代だと理解してください。つまり、織物としての全体を眺めると漠としているものの、織り目の一つ一つははっきりしている。そして、その織り目があまりにたくさんあるので、私たち市井の生活者には、どこがどうつながっているのか、なかなか見えない。――時代の見えにくさの原因は、この現代社会を織りなしている糸が何本もある、この複雑さにあるということです。

ですから、いまがどういう時代なのかを考える際、私たちは可能な限り、広範囲の織り目に目配りする必要があります。こうしてこの時代を同じように生きている私たちのなかでも、たとえば企業経営者であれば、当面の景気と市場の先行きを中心にして時代を見るのかもしれません。子どもをもつ親であれば、自治体によって違う教育行政と学校ごとの校風やいじめの有無などを中心に、時代の空気を感じるのかもしれません。またたとえば年金生活者であれば、医療と福祉の負担が年々重くなってゆく厳しさを通して、時代を受け止めるのかもしれません。

けれども、高度に複雑化した現代社会をつくりあげている糸は何本もあり、そのどれもが少しずつつながり合って、一つの時代という織物ができているわけですから、一つの問題だけを眺めて時代が捉えられるかと言えば、一部しか捉えられないと言うほかはありません。濃淡はあっても、政治から暮らしまでのあらゆる状況を、まずはできるだけ俯瞰することが求められるわけです。

正直、日々の忙しい暮らしのなかでは、自分の生活に直接結びつかないことを考えている時間はなかなか取れませんが、ふと、自分がどこに立っているのか分からなくなっていることに気づいたが最後、仕事や生活に追われている目下の人生もまた、一気に揺らぎ始めるというものです。小説を書いている私もそうです。皆さんもそうではありませんか？

さて、私たちはいま、どういう時代に生きているのでしょうか。

どういう時代であるかを言うときに、一定の期間における物事の移り変わりを通して相対的に捉える捉え方もあれば、絶対的な主観で捉える捉え方もあります。「昔はよかった」という中高年の口癖は、相対と絶対の中間ですが、そういう中間が有り得るのも時代の見方の特徴です。また時代の捉え方は、世代や性別や所得層によって異なるだけでなく、年月を経て変わってゆくこともありますし、あの『ＡＬＷＡＹＳ 三丁目の夕日』のように、あとから一定のイメージがつくられることもあります。

このように、ある時代がどういう時代であるかは、けっして固定された絶対的なものではないのですが、不思議なことに、同時代のある一点に立つと、そこに生きている不特定多数の感じ方がほぼ同じ方向を向いているということが起こります。かつて、ふつうの主婦までが株に熱中したバブル時代などはその例ですし、戦前には帝国陸軍の大陸侵攻に国じゅうが沸くような時代もありました。時代の空気というものが、どこで、どう発生して広がってゆくのか分かりませんが、いまもまた、アベノミクスによるにわかバブルで、この国はなんとはない薄明るさに包まれております。

とはいえ、私や皆さんが「これはどういう時代だろうか」と自問し始めたのは、アベノミクスより前の民主党政権下、あるいはそれよりもっと前の一九九七～八年、もしくは二〇〇〇年前後ではなかったでしょうか。バブル崩壊から長く景気後退が続いていたけれども、それでもまだ、この国の衰退というところまで想像が及ばなかった九〇年代の終わりに、山一証券や日本長期信用銀行などの破綻を目の当たりにして、何かちょっと暗い影が未来に差しているのを見たような気がした――あのころが始まりだったのではないでしょうか。

あるいは、二〇〇一年の同時多発テロで、ニューヨークのツインタワーが崩落するのを見たときだったかもしれませんし、そのあとアメリカと有志連合がイラクへ侵攻した際、さっさと賛同を表明した小泉首相の、まったく説明になっていない奇妙な記者会見を聞かされたときだったかもしれません。

ともあれ、私たちが「これはどういう時代なのだろうか」と自問するのは、ふと「何かがおかしい」と感じたときであり、これまでなら考えられないようなことが起きたときであり、これまでなら通用しなかったであろうことが通用するようになったときだ、と言えます。

たとえば九〇年代の終わりから二〇〇〇年にかけて、私たちは「失われた十年」の長い景気後退の底におりましたが、それでも、これはいつもの景気循環であって、そのうちまた景気が上向いて、ゆるやかな経済成長路線に戻るのだろうと、漠然と思っていたのではないでしょうか。それが、どうもそうではないかもしれない、と気づいたとき、心底どうしてよいのか分からない衝撃とともに立ちすくんでしまったのでした。これを言い換えれば、ずっと続くと思っていた繁栄の道が、突然見えなくなったということです。――べつに経済人でもない一小説家が、経済成長の終わり――すなわち国家の衰退の始まりを直感しただけで、そんなに動揺するものかと思う方もおられるかもしれませんが、高度成長時代とともに生きてきた私の世代にとって、繁栄する日本経済こそ日本人としてのアイデンティティだったのです。おかしいでしょうか？　私が成人して初めて選挙権をもったときに、目の前にあった政治の状況がロッキード事件で、政治といえば自民党の派閥抗争と、政官財の絵に描いたような癒着ばかりが新聞を賑わせ、「政治は三流、経済は一流」と吹き込まれ続けてきた世代です。

またほかには、物心ついたころからアメリカ文化の洗礼を受けて、アメリカのテレビドラマとディズニーで大きくなり、アメリカのポップスを聴き、ハンバーガーを食べ、都会では日本人であることを意識する風土がほとんど無かったなかで育った世代でもあります。またさらに、国家として十分に太平洋戦争の総括をしなかった代わりに、なんとなく日常生活から日の丸や君が代が遠ざけられてきた世代でもあります。そんな育ち方をした私が、かろうじて日本人としてのアイデンティティの根拠にしてきたのが、優秀な科学技術や経済だったわけです。

これは良いも悪いもない、市井の一般市民にはそれしかなかったということです。また、何らかのアイデンティティ無しには、人は国民国家の一員をやっていられないということでもあります。アイデンティティというなら、日本語があるではないかという方がおられるかもしれませんが、戦後の日本は、今日に至るまで、英語に堪能であることが推奨され続けてきたわりには、国語への関心が低かったですし、いまでは日本語禁止の日本企業すらあるそうです。外来語があふれ、小学校ではいまや国語と英語を一緒に習い始める、そういう国で、国語である日本語がアイデンティティになりづらかったのは、これも無理からぬことだったと思います。

ともあれ、日本人としての当たり前のアイデンティティを確立するのに苦労をした私の世代の多くが、日本の繁栄——正確には、優れた産業と科学技術に支えられた繁栄を、自らのアイデンティティにしていたと思うのですが、それが二〇〇〇年前後に崩れたのでした。この点については、今日ここにおられる皆さんのなかで、それぞれ異論もおありだと思いますが、この私はそうだったということで、とりあえずご理解ください。つまり、私の場合は二〇〇〇年前後に、それまで疑ってみることすらなかった日本の繁栄の終わりを予感して、自身のアイデンティティが崩れ去るような衝撃とともに立ちすくんでしまったわけで、そのときに心底、未来が見えなくなったと感じたのです。

未来が見えなくなるということは、すなわち自分がいまどこにいるのか、分からなくなるということです。時間は必ず過去から未来へ進んでゆくので、現在位置が分かっている限り、未来はその延長線上にあって当たり前だからです。その当たり前の未来が見えないということは、現在位置が分からなくなったということです。そしていまさらながらに、あるいは忽然と、「自分はいったいどういう時代に生きているのだろうか」と自問していたわけです。

今日ここにお越しの皆さんは、それぞれ、いつ、何をきっかけに「これはどういう時代か」と問い始められたのでしょうか。小泉元首相がまるでアイドルのような熱狂で迎えられたころでしょうか。その小泉氏が、あえて中国との関係を悪化させてまで、歴代の総理としては異例の靖国神社参拝を強行し続けたときでしょうか。ニューヨークの摩天楼が同時多発テロで崩れ落ちる光景を見たときでしょうか。あるいは、リーマンショック以降、日本円が八十円を切るような円高となった世界の風景でしょうか。はたまた、いつの間にか世界のソニーやパナソニックやシャープが凋落して、代わりに韓国メーカーが市場を席巻している風景を目の当たりにしたときでしょうか。――あるいは、それこそ東日本大震災の被災地の風景を見たときでしょうか。福島第一原発の事故の映像を見たときでしょうか。あるいは、そのあとてのひらを返したように国土強靱化だの、青天井の復興予算だのを掲げて、いつか来た道へ戻ってゆくこの国の姿を見たときでしょうか……。

人それぞれ、何がメルクマールだったかは異なるかもしれませんが、二〇一三年五月現在、私たちの立っている社会の風景が、たとえば十年前と比べて、あちこち変わってしまったという認識は共通しているのではないでしょうか。実際に変わってしまってから、初めて変わったことに気づくのが人間ですが、内外の情勢の変化や、天変地異や、大きな歴史の流れに引きずられ、呑み込まれるかたちで、私たちがいま、未知の地点に立ち至っていることだけは確かだと思います。

さて、いまの時代を個別の要素に分解して見てゆく前に、もう少し大きな括りで、私たちの社会がいまどういう地点に立ち至っているのかを確認しておきたいと思います。

まず、日本の景気後退はすでに二十年以上に及んでいるのですが、一方でアメリカやアジアはひとまず順調に成長しているので、日本の国民総生産も、一人当たりの国民所得も、相対的に順位を下げ続けております。若い世代は知らないことですが、ジャパンアズナンバーワンと言われて世界第二位の経済大国だった時代は、はるかに遠くなったという実感があります。

もちろん、実体経済ではないマネー経済によって膨らむだけ膨らんだバブル時代の風潮については、私自身は当時から違和感をもっておりましたし、実業を疎かにして株価高騰で資産を水ぶくれさせた日本企業が、お金にあかしてニューヨークの不動産を買いあさっていたような時代に、まったく未練はありませんが、それでも、あらためて振り返るにつけ隔世の感があります。

私が懐かしむのは、ただ一つ、八〇年代にはまだ、国民の一人一人がなにがしかの未来を見ていたという事実です。学生なら留学して世界で活躍する夢、サラリーマンはマイホームの夢、主婦は趣味やキャリアアップで家庭を脱出する夢――日本人がみな、それぞれ当たり前に自分の未来を思い描いた時代であったこと、そのことが懐かしいのです。もちろんいまも、未来はあるところにはありますが、もはや日本人の誰もが当たり前に夢をもてるわけではありません。正社員になれなかった若年層。リストラや減俸や転職を迫られているサラリーマン。貯金もなく、病気の不安に怯える低所得者層。金融円滑化法でかろうじて延命している中小企業。後継者のいない農業。子どもは仕事に手一杯で、親は有料老人ホームを利用するだけの収入もない、そういう親と子ども――。未来を見ることのできる恵まれた人は少なくなり、子どもからお年寄りまで、多くの日本人が自分の未来に確信をもてなくなっている。これはとてもさびしいことです。何より若年層が未来に希望がもてなくなっているのは、正真正銘、日本人の不幸というものです。

ここに立ち至ったのは、国民所得の減少という端的な事実があるからですが、そこには、あれこれ手を尽くして改善しようにも、どうにもうまくゆかないという事実も重なっています。どうしてもかつてのように製品が売れず、生産性も上がらず、産業の競争力は低下の一途であり、さらには高齢化が進んで社会保障費が膨らみ、国家財政はほとんど破綻寸前で、一千兆円に達した赤字国債はもはや返済できる限界を超えてしまっている——そういう厳しい状況が見えているので、私たち生活者がそれぞれ努力したり、我慢したりするだけではどうにもならないことも分かっている。もちろん、中国や朝鮮半島といった地政学的条件に至っては、どうすることもできない。こうして、未来が見えなくなっているわけです。

こうして考えてみると、未来というのはある意味、意思だということが分かります。将来どういう国にしたいか、将来にどういう生き方をしたいかという人間の意思が、その人の未来像をつくる。とすれば、未来が見えなくなっている私たちは、将来どういう国にしたいか、将来にどういう生き方をしたいかという意思をもてなくなっている、ということになります。いろいろな意思はもちたいと思うけれども、現実が厳しすぎ、複雑すぎ、多様すぎて、もうどうにもならない、――そういう諦めが広がっているのだというふうにも言えるかもしれません。

とはいえ、ここでほんとうに諦めてしまうわけにもゆきません。私たちがいま意思をもち、未来を一つ一つ語らなければ、子どもたちが暮らす未来を開いてゆくことができません。どんなに困難でも、私たちはどうにかして未来のかたちを意思しなければならないのです。

その未来についての意思ですが、現状のこの国でこれを考えることが難しい理由は、繁栄の終わりという未知のゾーンに立っているからというだけではありません。財政的・経済的な困難はもちろんあるのですが、それに加えて、私たちが当たり前のように信じてきた民主主義の価値や、資本主義経済の可能性、そして国民国家の枠組みまでが、ここに来て揺らぎだしているということがあります。八九年にベルリンの壁が崩壊したとき、私たちは民主主義や資本主義の一人勝ちだと思ったものですが、ほぼ四半世紀のうちに、世界は米ソという機軸を失って、冷戦時代よりはるかに不安定になりました。その一方、コンピューター技術の進歩が金融市場を激変させた結果、マネーが猛スピードで国境を越えるようになり、あっと言う間にグローバル世界が広がりました。

そして、そのグローバル世界が企業に国境を越えさせた結果、アジアが世界の工場になって発展を遂げ、いまでは巨大市場にもなりつつあります。そういうなかで、日本国内に目を移しますと、産業構造の改革を進められずに空洞化が進み、さらには少子高齢化が進んで九〇年代には労働人口もピークを打ちました。世界に誇っていた製造業は技術革新や商品戦略で海外企業に遅れを取り、経済成長は限りなくゼロに近づいて、元気なアジアに比べると、日本の衰退は誰の目にも明らかとなっています。

けれども日本で起きていることは、ただの衰退や貧困層の拡大ではありません。バブルの時代にポストモダンの最先端と言われた日本の消費生活の先鋭さは、今日でもあまり変わらないように思えますし、これほど長くデフレが続いて所得も減っているのに、社会は総じて安定しており、不況にあえぐヨーロッパのように若者が暴動を起こすこともありません。してみれば、日本はヨーロッパなどが経験したことのない、何か特別なステージにいるのかもしれません。これについては、最後のほうでちょっと触れたいと思いますが、日本を始めとした世界の先進国は、経済のリセッションで相対的に貧しくはなるが、絶対的に貧しくなるのではないのかもしれない。そこに日本の未来の可能性がひそんでいるような気はしています。

ともあれその一方で、まったく古い体質のまま劣化し続けてきた政治は、真っ当な姿を取り戻す代わりに、ここへ来て議会制民主主義の基本や立憲主義を、あっさり否定するような方向へと向かっています。民主主義の仕組みが内包している欠点——すなわち、多様な意見があるところでは物事がなかなか決まらないことですとか、逆に多数決では少数意見が活かされないことですとか、総じて民主主義政治には手間がかかりすぎるという声が、これほど公然と上がるようになった時代を、私は知りません。また、日の丸だの君が代だのを法律で国民に強制するのは、裏を返せば、それだけ国家というものへの国民の認識が溶けだしているということで、とくに自民党政権が「日本を取り戻す」などと声高に叫べば叫ぶほど、私などは逆に、国民国家が危機に立っているのを感じます。しかしながら、国民国家だけが永遠である必要もないでしょう。これだけグローバル化が進んで、金曜日のアフターファイブにひょいと深夜便の飛行機でハワイに休日を過ごしに行けるような時代に、国家の枠組みが溶けだしてしまうのは、ある意味仕方のないことではないでしょうか。

このように、民主主義が絶対的な価値でなくなり、立憲主義の基本を平気で否定する内閣が登場し、さらには国民の生命財産を守る単位としての国民国家が溶けだして、その裏返しのように日本維新の会のようなナショナリズムが跋扈する——こうして戦後の日本人の価値観の根本が崩れだしていることが、日本の経済的衰退と歩調をあわせて、私たちに未来を考えさせることを難しくしているのであります。繁栄の終わりも、国民国家の揺らぎも、戦後の日本人が初めて直面している光景なのですから、立ちすくむのは当然のことではないでしょうか。

　さてしかし、どんなに現状が難しく複雑でも、この世界をつくりだしている織り目の一つ一つははっきりしている、と最初に申しました。いまがどういう時代であるかを捉えるためには、民主主義や国民国家という価値観の揺らぎを含めて、できるだけ多くの織り目に目配りすることが必要なのですが、私たちは神ではありませんから、すべての糸を望ましいかたちで配置することなどできません。言い換えれば、個々人のレベルでは、手の届かないこと、どうにも動かせないことがいくつも出てくるのは仕方がないし、未来にどんな生き方を望むかという意思においても、個々人の望みはばらばらであって当然です。二十年ものリセッションを生きてきた私たち日本人の価値観自体、相当に変化してしまっていますから、高度経済成長時代のように一億の国民が、そろって同じ方向を向くということはなくて当たり前です。

　少し不自由でも車のない生活を享受する人びとや、あまり消費に踊らない世代や、かと思えばいまだに成長神話にとらわれたままの世代や、まったく歴史を知らない世代や、知っていてあえて歴史を書き直したい衝動を抑えられない世代などなど、いろいろな価値観がいりまじって、どれもがべつに遠慮もせずに社会の表に散らばっている、――そういうばらばらの状況のなかで、個人がひとまずそれぞれ未来への意思をもつことはできるはずですし、また、とにかく未来への意思をもたなければならないのです。

それこそ百人おれば百通りの異なった未来像があって当たり前ですし、ともかくそうして一歩を踏み出すことが重要なのだと思います。なぜなら、一つの希望をもつと、それを阻害している要素の存在に気づきますし、それをどう取り除いてゆくかを考えることにもなってゆくからです。そうして一億人の思考がそれぞれ渦を巻いて広がってゆくとき、ちょうどいく筋もの小さな支流が出会って一つの川ができてゆくようにして、いわゆる多数の意思のようなものが形成されてゆくのではないか。――そんな可能性に、私は希望を見いだします。

さて、少し先走りしてしまいましたが、ここまで、いまがどういう時代であるかを捉えるのが難しい理由を見てきました。いくつもの糸が複雑に折り重なっていまがあること、そして民主主義や国民国家といった近代の価値観そのものが揺らいでいることの二つは、そのまま、いまという時代の大まかな姿でもあるということをお話しいたしました。

ではここからは、いま私たちが目の当たりにしている個別の事象を見てゆこうと思いますが、たとえば政治状況にしろ、経済状況にしろ、大きな意味では私たちが選択した結果ですから、個々の事象を眺めるときに一番に問うべきは、「私たちはいったい何を考えているのか」ということになります。いまの政治状況については、肯定的な見方も否定的な見方もあると思いますが、どちらにしろ去年暮れに総選挙で安倍政権を誕生させたのは、私たち有権者なのです。是非を問うべきは政治家や政党ではなく、それを選んだ私たち有権者です。あのとき「私たちはいったい何を考えていたのか」と自問しなければならないのです。

さて、個別の事象では、東日本大震災がやはり第一に来るでしょうし、来なければなりません。あの三月十一日、被災地はもちろん、被災地ではないところにいた日本人の全員が、言葉を失って立ちすくんだはずです。人知ではどうにもならない圧倒的な力で、一瞬にして街も人も車も船も、何もかもが破壊されるのを目の当たりにして、世界観が根こそぎにされなかった人はいないはずです。私は阪神・淡路大震災で人生が変わってしまいましたが、阪神・淡路大震災よりはるかに巨大な東日本大震災を目の当たりにして、虚無の穴がさらに深く、大きくなったのを感じます。

ともあれ、死者・行方不明者二万人という数字を冷静に理解するのは、ふつうの人間には不可能ですし、ましてや被災地で津波に呑まれた人の遺体をいくつも見た人びとの神経は、死ぬまで傷ついたままであろうと想像できます。そして、日本と世界の人びとが、自然災害の圧倒的な力の前に粛然となったのですが、さて二年と少し経ったいま、私たちの多くはあの震災を忘れてしまったかのようです。

被災地には復興が必要ではありますが、もともと過疎地だったところに以前と同じ道路や町や港湾をつくり直すような無駄が許される時代でもありません。かといって、高台移転やインフラの集約も、利害関係の調整の難しさがあり、そう簡単には進みません。結局、仮設住宅に暮らす被災者も、別の土地へ移った被災者も、はっきりした未来を描けないでいるのが二年目の現状であり、おそらくこの先も、それぞれの地域の中心部を除いては、更地のまま自然に返ってゆくのではないかと想像するのですが、その一方で、国は復興税を元手にした青天井の復興予算を組み、いまの時代に、まるで先祖返りしたかのように、国土強靭化という名の公共事業の大盤振る舞いに乗り出しているのです。

私たち有権者は、いったい何を考えて、この政治の振る舞いを支持しているのでしょうか。これから人口が減ってゆくというときに、新しい高速道路や新しい新幹線がまだ必要だと、私たちは本気で信じているのでしょうか。税金を投じてつくり続けてきた日本中の道路や橋やトンネルが、そろそろ改修工事の時期を迎えるというときに、新しい道路をつくっていてよいと、ほんとうに信じているのでしょうか。道路を通しただけでは産業も雇用もついてこないこと、いざとなれば企業はさっさと撤退したり、海外に出ていったりすることを、すっかり忘れてしまったのでしょうか。

ことが福島県の状況になりますと、事態はもっと深刻です。東日本大震災の記憶を特別なものにしているのは、犠牲者の多さに加えて、商業原発の史上初の重大事故を見てしまった、という点にあります。定点カメラの映像はぼんやりしたものでしたし、数か月間は誰も近づけなかったのですから、何かものすごい光景が直接見えたわけではありません。その代わりに、クモの子を散らすようにして人という人が着の身着のまま逃げ出し、近隣の町や村が空っぽになった光景を見たのですが、まるでSFのようで実に恐い光景でした。

原発の大事故と言いますと、人類はチェルノブイリとスリーマイルの二つを経験していますが、日本人にとっては、チェルノブイリのような事故は、それこそ想定する必要のない別世界の話でした。いままでは、それが根拠のない思い込みにすぎなかったこと、安全はただの神話だったことが分かっておりますが、震災の前には原発事故はほとんど小惑星が東京に衝突するほど有り得ない次元の話だったのです。それが突然現実になったのですから、私たちはまさに呆然自失となりました。

現に家や土地や家畜を捨てて逃げなければならなかった人びとだけでなく、関東全域の人びとが風にのって飛散した放射能に怯え、地下水から海に流れ出た放射能に怯え、農産物も海産物も取れなくなりました。福島第一原発周辺の住民は、その多くが仕事も財産も失い、子どもは外で遊べなくなり、東京電力からの賠償はいまだに完了しておらず、まさに未来がどうなるのか、まるで見えない状況が続いています。一方、直接被災はしなかった私たちも、原発はもうこりごりだと思い、その意識が大きなうねりになって、先の民主党政権下では、二〇三〇年代の原発ゼロを目指すとする新しいエネルギー戦略に結実したのでした。ところが昨年暮れの総選挙では、有権者は一転して、原発推進の立場である自民党を大勝させたのです。私たちは、いったい何を考えているのでしょうか。

政府が原発再稼働を急ぐ理由は明快です。原発に依存している立地自治体と、電力会社を頂点にした巨大な産業ピラミッドに依存している経済界の、この二つが原発の再稼働と推進を要求しているのですが、それぞれが原発推進を求める理由も明快です。立地自治体は、電源三法交付金と、事業税や固定資産税などの税収と、地元の雇用が原発にかかっているので、廃止や停止といった選択肢はないと言います。ここには地元住民の生活だけでなく、自治体の首長や議員さんたちの利害も絡んでいますが、いわゆる旧態の政・官・業の密接な構造が、いまも生きているということです。

経済界が原発推進を掲げるのも、旧態依然の既得権を守りたいということに尽きます。仮に再生可能エネルギーに転換してゆくような新しい流れができてしまいますと、産業構造が大きく変化することになりますから、既存の産業構造で生きている企業は、とにかく既得権を守るために、なんとしてもこれを阻止しようとします。化石燃料の輸入によって電力料金が上がると生産コストが上昇して、国際競争力が阻害されるので、企業は海外へ生産拠点を移すことになる。そうなると困るのは国民生活だと脅すわけですが、原発がふつうに稼働していた時代にも、企業は安い労働力を求めて、平気で海外進出を進めていたのですし、電力料金が低く抑えられたら彼らが必ず国内に留まるという保証など、どこにもありません。電力料金云々よりも、やはり既得権の構造を変えられないというのが、経済界が原発維持を求める最大の理由だと思われます。

そして自民党政権は、支持母体である地方自治体や経済界の要求に応じて、原発維持を表明しているのですが、ちなみに政治家たちも、目があるのですから、東日本大震災と福島第一原発の惨状を見ていなかったわけではないでしょう。むしろ、私たちよりもずっとたくさんの情報をもっていたでしょうし、私たちよりずっと身近に被災地の声も聞いていたはずです。それなのになぜ、こんなことになるのでしょうか。なぜ、国土強靭化や原発推進という結論になるのでしょうか。

少し脱線しますが、その答えは簡単です。彼ら政治家も、私たちと同じように最初は呆然と立ちすくんだに違いありませんし、涙も流しただろうと思います。そして、私たちと同じようにどうしてよいのか分からずに、どうしてこんなことが起こるのかと天を仰いだだろうと思うのです。そして、私たちと同じように、結局震災の悲劇を自分なりの言葉にすることができなかったか、もしくは言葉にする努力をしなかったのであります。

物事は言葉にして初めてかたちになります。かたちになって初めて、人はそれを理解するのです。記念碑を立てても、人はその意味を理解することはありません。自分で言葉にすることによって初めて「それは何ものであるか」を理解する。――逆に言えば、いまはどういう時代なのだろうかと自問するとき、私たちはまだそれを捉える言葉を見つけていない、ということなのです。いずれ見つけなければならないけれども、いまはまだ言葉がなく立ちすくんでいるわけです。――で、政治家たちは、私たちと同じように立ちすくんだけれども、政治家というのは、何であれ言葉がないという状況は許されないので、何でもいいからとにかく言葉をもってこなければならない。

かくして、とりあえず復興事業だ、国土強靭化だ、ということになったのでしょう。とはいえ、これは政治家たちに対して、ものすごく甘い見方だと思います。ひょっとしたら政治家という生き物は、人が何万人死のうが、国が焦土になろうが、基本的に自分が見たいものしか見ないのかもしれません。自分が見たいものしか見ない——それこそあとで触れますが、彼らの歴史観はその典型です。

ともあれ、とりあえず自分が言葉にできるものだけを言葉にしたのが、政治家たちの東日本大震災であったと私は思っております。被災者をはじめ、一般の日本人はいまだに震災を十分に言葉にすることができないでいるのですが、残念なのは、国土強靱化や原発推進を掲げる政治を支持することで、私たちもまた震災を言葉にする各々の努力を放棄していることです。

さて、少し脱線しました。ともかく次に起きる大地震でふたたび原発に大事故が発生したとき、悲惨な目にあうのは国民です。仮にどんなに補償金をもらっても、住み慣れた土地を追われ、仕事を失うのは私たちなのです。私たちは言葉を探すのをやめて、思考停止している場合ではありません。もちろん、あの日の福島の光景を見たのであれば、まかり間違っても、原発推進などに与してはなりません。

原発推進の方針には、事故のほかにも大きな問題があります。周知のとおり、核燃料サイクルがすでに破綻しているので、再処理して抽出されたプルトニウムの行き場がないのですが、この事実から政治も私たちも目を逸らし続けております。また、原発から出る放射性廃棄物の最終処分地が決まらないまま、六ヶ所村に中間貯蔵され続けている状況をどうするのか、誰も答えをもっていません。日本じゅうの原発に溜まり続けている使用済み核燃料も、すでにほぼ満杯で、再処理工場も稼働できていないいま、これも行き場がありません。そんな状況で、原発の再稼働を急ぐ政治や経済界は、どう考えても無理なことを強行しようとしていると言うほかないのですが、私たち自身も、ほんとうにいったい何を考えて、長年、原発に依存してきたのでしょうか。

この原発推進のように、政治家が、どう考えても間尺に合わないことを堂々と唱える時代というのも、これはいったいどういう時代なのだろうかと自問する一因になっておりますが、間尺に合わないといえば、TPPに参加するメリットというのもそうです。

内閣府の試算では、TPPに参加して関税がなくなった場合、工業製品の輸出が伸びることで国内総生産は三・二兆円増えるそうです。一方、米などの農林水産物は安価な輸入品におされて三兆円のマイナスになる、といいます。計算すると二千億円のプラスにすぎません。たった二千億円です。しかも農家の減収分を補塡する費用は、二千億円ではとうてい足らないでしょうから、差し引きマイナスになるのは明らかです。差し引きマイナスを出した上に、国内の農業に大打撃を与えてまで、TPPに参加する理由は、たんに貿易の観点からはどうしても見当たらないのですが、それでもTPPに参加しなければならないとすれば、貿易以外の理由があることになります。それを、政府は国民に説明していないのですが、説明できない、もしくはよほど説明しにくい理由があるらしい。

また、成長戦略の一環として打ち出された農業の強化策も、間尺に合わない話の一つです。主に農地の集約による大規模化と輸出強化で、今後十年間に農家所得を倍増させるというのですが、肝心の米の生産をどうするかという問題は棚上げにされたままです。減反の見直しにも触れずに、どうやって農家所得を倍増させるのでしょうか。それとも、ここで取り上げられている農家とは、米農家のことではないのでしょうか。

外交問題では、いつの時代にも国民には説明されないことがあるのは事実ですが、農林水産業や医療や国民皆保険制度という、国民生活に直結した分野が大きく様子を変えることになるTPPのような問題について、いまの政治はあまりに国民を置き去りにしすぎているのではないでしょうか。

ところで、国民を置き去りにしているといえば、いまの時代ほど、政治家が勝手に個人の歴史観をもちだす時代もなかったのではないかと思います。端的に、サンフランシスコ講和条約によって世界が承認した戦後日本のあり方を勝手に否定し、戦後の学校教育で営々と教えられてきた歴史の通念を否定し、さらには正式の閣議決定に基づいた村山談話に反することを、一内閣の首相が平気で語る——これは、どう考えてもものすごく異様な光景です。しかもそれによって、中国や韓国との関係をことさら悪化させることで、私たち国民や経済にものすごい損害を与えているのですが、私たちはいったい何を考えて、安倍首相の非常識な歴史観を許しているのでしょうか。それとも有権者の多くが、先の太平洋戦争はアジアへの侵略ではなかったと信じているということなのでしょうか。

どんな大義名分を並べても、よその国の領土や国民に対して武力行使をしたら侵略だという当たり前の理屈を、一国の総理大臣が大真面目で否定する光景は、悪い夢でも見ているようです。

国民の常識に反しているのは、従軍慰安婦をめぐる政治家たちの発言も同様です。世界が問題にしているのは、軍による強制があったか、なかったかではない。慰安婦が制度として存在していたこと、そのことを人権に反するとして世界は問題にしているのですが、なぜそれが分からないのでしょうか。

強制があったか、なかったかという議論になると、強制がなければよいのかという理屈になります。それこそ人権に反する主張であり、だからこそ諸外国は日本政府の理屈を相手にしない、もしくは非人道的であるとして非難するわけですが、一日本人として、これはどう考えても日本の主張のほうがおかしいと言うほかはありません。

そしてここでも、一内閣の総理大臣が、世界に対する日本政府の公式見解である河野談話を、勝手に否定しているわけですが、それだけでも異様なことであります。いくらいまの政治家たちが、自分の見たいものしか見ない幼稚さを隠さないと言っても、それが日本の総理大臣となりますと、幼稚だという話ではすみません。――もっとも、いまという時代と社会に、それを異様と感じさせない何かがあるというふうに見ることもできますし、有権者自身が歴史認識をおもちゃにすることを政治家に許しているのかもしれません。そうです、私たちこそ、いったい何を考えているのでしょうか――。

靖国神社へ政治家が参拝することの是非も、日本の政治家たちは口を揃えて、「個人の心の問題である」と言い、「歴史認識を政治問題化するな」と言うのですが、一国の首相や大臣にあって、「個人の心情」などという逃げ道はありません。だいいち、歴史認識こそ政治の最たるものであって、歴史認識が政治問題でないと言うほうが異様であります。こうした理屈に合わない詭弁が公になってゆくたびに、国民としてなんとも言えない虚脱感に襲われます。戦勝国が敗戦国を裁いた東京裁判については、さまざまな考え方がありますが、少なくとも日本は国家としてその結果を受け入れたからこそ、独立を回復することができたのではなかったか。それを、日本人の死生観に合わないという理由でいまごろ否定して、A級戦犯が合祀されている神社に、あえて政治家たちがぞろぞろとお参りする光景は、そもそも筋が通らないというほかありません。

現行の日本国憲法は占領下で押しつけられたものだ、だから自主憲法を、という憲法観も、戦後の日本の枠組みと歩みの全否定です。時代に合わなくなっている部分はあるにしても、法律のほうの改正や運用でなんとかならないわけでもない間は、あえて憲法を改正する理由がないというものですが、必然ではない、悲願とか信念といった政治家個人の情緒で、とにかく改正をという目下の空気は、冷徹であるべき政治とかけ離れた、村祭りのようであります。

憲法改正の手続きの要件を定めた九十六条は、ときどきの政治が勝手に憲法を変えてしまうのを防ぐ立憲主義の要です。それを一内閣が勝手に緩和してしまおうというのですから、筋違いもはなはだしい話ですけれども、何よりぞっとするのは、政治家がかくも節操のない振る舞いを、平然とする時代になったことです。国会で多数の議席をもっていることを利用して、六十八年にならんとする戦後日本の歩みを全否定するような反動的な歴史認識を語り、韓国や中国との間にあえて火種をつくって、本物の武力衝突の危険を招き、その結果、あろうことか敵基地先制攻撃能力を保有するだのと言い出す。いったい私たちは何を考えて、政治家たちのこんなムチャクチャを許しているのでしょうか。

よく考えてみなければならないのは、安倍首相を筆頭に、ここへ来て政治家たちが、かつては慎重に抑えていた本音の吐露を抑えなくなったということであります。それこそ個人の思いはあっても、公人として控えなければならないという判断があるべきところ、昨今はそういう理性が見られなくなりました。中国や韓国との関係を波立てないための、さまざまな知恵や駆け引きがあるべきところ、まったく不用意に個人の歴史観をもちだして外交を潰してしまうようなことが、多々起こる。

しかも、それがいまではアメリカとの関係でも起こり始めているようです。

また国会議員だけでなく、地方自治体の首長までが勝手な歴史観を軽々に披露して、諸外国との関係を悪化させ、国益を損なうようなことが起こっています。どれもこれも、ひと昔前には考えられなかった事態であり、私たちがこれはいったいどういう時代なのだろうかと自問する理由の一つにもなっています。そういえば、憲法改正に熱心なわりには、最高裁で憲法違反とされた一票の格差をついに放置したまま、先の総選挙を行った政治家たちの傲岸不遜ぶりも、かつてないレベルですが、有権者がこれほど政治家になめられている時代も珍しいという感を深くします。

さて、いま私たちが立ち至っている未体験の地平について、個々に何が起きているのかを見てまいりました。東日本大震災からの復興事業や、原発の是非、エネルギー問題、TPP、農業、歴史認識、憲法などなど、個々の織り目がいまどうなっているのか、どこに問題があるのか、はっきり見えるのに、結果的に有権者である私たちがそれを承認しているかたちになっていることについて、私たちはいったい何を考えているのかと自問してまいりました。

私たちは現状について、いったい何を考えてきたのだろうか。――そう自問したとき、結論から言えば、ほとんど何も考えていなかったというのが、答えだというほかはありません。

五月の憲法記念日に行われた朝日新聞の世論調査で、たとえば憲法観については、日本人の間に立憲主義の考え方があまり浸透していないという結果が出ておりました。また、経済などに比べて、憲法についての有権者の関心がおそろしく低いという結果も出ておりました。それが正しいとすれば、いまの内閣が憲法九十六条の改正を掲げていることについて、有権者の反応が鈍いのもうなずけますが、言い換えれば私たちの無知と無関心を、政治家が利用しているということですから、あらためてぞっとしたことでした。

歴史認識についても、有権者の多くが先の戦争を侵略ではなかったと信じているというより、そもそも関心がない、もしくは近現代史をまったく知らないというのが真相ではないでしょうか。そうだとすると、あえて世界の常識に反するかたちで歴史観の書き換えをもくろむ政治家たちは、まさに国民の無知を利用しているということですが、それ以上に、歴史についての私たちのこの無知は、国際的な孤立というかたちで私たち自身に返ってくるという点で、これもたいへん深刻な事態だと言えましょう。

では、国土強靭化や原発回帰の動きについてはどうでしょうか。この点については、私たちはけっして無知ではないはずですが、自民党政権を支持することで、結果的に国土強靭化も原発推進も了承したかたちになっています。去年夏の討論型世論調査で、二〇三〇年代に原発ゼロを目指すとした人の割合が約半数という結果だったにもかかわらず、その四か月後の総選挙で、原発推進の自民党を圧勝させたのは、どういうわけでしょうか。答えは、やはり深く考えていなかったということになりますが、さらに言えば、投票先を決めるために個々に政策の優先順位をつける、その優先順位という考え方に問題があったのではないかと思います。

たとえば景気を回復してほしいから、経済対策を最優先にするというとき、経済対策が一〇〇で、それ以外の対策はゼロというふうな優先順位のつけ方では、経済対策以外は、白紙委任と同じです。現に、有権者の大多数が、投票先の政党にそういうかたちで白紙委任を与えた結果、自民党は選挙公約になかった憲法改正に手をつけようとしているわけで、この優先順位のつけ方ではまずいということが明らかになりました。

では、どうしたらよいのでしょうか。この複雑な社会で、優先順位をつけることなしには何も前へ進みませんが、優先順位をどういうふうに考えたらよいのでしょうか。

優先順位とは、何を一番大事にするか、何を二番目にするか、何を最後にするか、といったかたちで、選ぶ人間の意思をかたちにするものです。優先順位が意思だとすると、優先順位を考えるというのは、たんに順番をつけるというよりは、何を望むのか、本意はどこにあるかという意思を優先させるのが先だということになります。

たとえばある政党の政権公約のなかに、自分が一番望んでいることと、一番望んでいないことが同時に含まれているとします。そのとき、単純に優先順位をつけてしまいますと、当然一番望んでいることが含まれている政党に投票することになるでしょう。しかしその場合、一番望んでいないことも同時に起きてしまうので、それには目をつむることになります。私たちが先の総選挙で行った投票行動がそれです。そして、その結果が原発推進だの、憲法改正だのの動きです。

ほんとうは、自分が一番望んでいることと、一番望んでいないことが同時に含まれているときには、その両者をまず秤にかけてみなければなりません。それこそが、ほんとうの意味での優先順位であり、選ぶ側の意思というものになります。たとえば、先の総選挙で、景気対策を最優先にして自民党に投票しようと思ったとき、自民党政権が誕生すれば速やかに原発推進に戻ることが予測できたわけで、民主党政権よりはるかに実務能力はあるにしても、もし原発に反対の立場であるなら、そこで大いに迷わなければならなかったということです。

ちなみに、総選挙のときにこの私は何を考えたかと申しますと、原発政策もさることながら、六年前に政権を投げ出した人がもう一度返り咲くということや、それを許す自民党の体質に、問答無用の拒否感が働きました。しかし、だからといって、まったく政権担当能力がないと分かっている民主党にもう一度票を入れるのか、ほんとうに悩みまして、いっそ白票を入れようかと考えたぐらいでした。一票を投じて自分の意思をかたちにするというのは、それほど難しいことなのです。

さて、私は最初のほうで、未来というのは意思であると申しました。どんな国に住みたいか、どんな価値観で暮らしたいかという意思をもつことが、すなわち未来をもつということになるのですが、そもそもどういう時代にさしかかっているのか分からない、未知のゾーンに立ちすくんでいる状態で、これからどんな暮らしが有り得るのか、どんな暮らしがしたいのか、意思をもつどころではない――ということでありました。とはいえ、私たちはこの時代からなんとかして次の時代を思い描かなければならないのです。この現代という複雑な織り目をよくよく眺め、優先順位をつけて、私たちの意思はどこにあるかを明らかにしてゆかなければならないのです。

とはいえ、具体的にはどうしたらよいのでしょうか。ひと昔前には考えられなかった右傾化や、極端な排外主義や、どうにも間尺に合わない国土強靭化やTPP、さらには東シナ海での中国との軍事衝突の危険性や、国家財政の破綻の危険性、そして南海トラフの三連動地震など、極東の端っこで日本が刻一刻傾いてゆくような感じすらある、この繁栄の終わりが見えてきた時代に、私たちはどうやったら自分たちの足でしっかり立っていられるのでしょうか。

こういう現状から想像できる未来について、いくつか並べてみますと、まずは人口が減り始めた社会でかつてのような経済成長を夢見るのは無理だということがあげられるでしょう。冷静に足下を見つめるなら、かつてのような強い日本を取り戻すというのが絵空事であるのは、すぐに分かることです。九〇年代までの電機や機械と自動車に依存した旧来の産業構造を、そのまま引きずってゆくのも無理でしょう。これはあくまで私の個人的な予感ですけど、それでもこの国は、ひょっとしたら結局、産業構造の変革に失敗するのかもしれません。年金制度も国民皆保険制度も同様に、改革できないまま破綻するかもしれません。

　中間層がますます縮んで貧困層が拡大するのは世界的な潮流ですが、この国も、都市の路傍に物乞いがふつうに見られる社会になるかもしれません。古くなった都市が十分に再生されないまま、多くのマンションはスラム化するでしょうし、道路や鉄道がいまのように整備されて快適である時代も終わるでしょう。繁栄の終わりとは、仮に社会制度や産業構造が比較的うまく保たれていたとしても、全体としては実に厳しいことなのです。

　私たちはまず、この厳しさを直視するところから始める必要があると思います。女性は子どもを生む機械ではありませんから、少子化は高度に発達した文明の、一つの帰結だというぐらいに考えておくほうがよい。そして、無理に子どもを増やすのを諦めるとしたら、人口減少社会を受け入れるほかはなく、人口減少社会を受け入れるということは、経済規模の縮小を受け入れるということになります。とはいえ、これはただ貧しくなるのを受け入れよということではありません。そんなことでは日本が蓄積してきた潜在的な力や、国民の知恵を活かすことになりません。

　つまり、経済規模が縮小するなかでも、文化的な生活のためにはインフラを維持してゆかなければなりませんし、これまで以上に教育にお金をかける必要も出てまいりましょう。つまり、社会インフラを維持し、教育水準を保ち、清潔で効率のよい暮らしを維持してゆくための、最低限の経済成長は絶対に必要なのです。

具体的にどのくらいの成長率が必要かという数字は、私には分かりませんけれども、ゆるやかな低成長を維持するというだけでも、実はたいへんなことで、産業構造の改革なしに、ただ公共事業をばらまくだけでは無理なのだということは分かっています。世界でもっとも清潔な都市をなんとか維持し、交通網を維持し、学校を維持し、医療制度を維持してゆくために、私たちはこれまでで一番厳しい改革の覚悟と、努力を迫られているということです。通貨の供給量を増して、みんながお金をどんどん使うよう消費マインドを煽って、——といった金融政策だけでなんとかなるような話ではないのです。

繁栄の終わりを迎えた社会は、未来への意思を固めて必要な改革を早め早めに断行してゆかない限り、貧富の格差だけが広がり、治安は悪化し、共同体は分断されて、荒れてゆくほかはありません。ギリシャやスペイン、ポルトガルが歴史上、どれほど栄華を誇った国家であったかを、思い出してください。また具体的な名前は上げませんが、日本の大都市の近郊にも、すでにそういう未来を先取りしたような崩壊の風景が広がっているところもあります。この松本市のような恵まれた地方都市では、いまのところ無縁の話だとは存じますが、できれば自分には関係のないことだと思わないことです。貧困も、人心の荒廃も、治安の悪化も、音もなく伝わり、広がってゆくものだからです。

そして、政治がなんとかしてくれるだろう、というお任せも、最後に泣くのは有権者ということになります。政治もまた、つまるところどういう国にしたいかという私たちの意思があって初めて機能するものだからです。この六十年以上、国会議員の先生たちは自分の選挙区の票のことと、政党の支持団体の利益を守ることしか考えてこなかったのですが、それは有権者がそうだったということです。地元に高速道路を通すこと、新幹線の駅をつくること、工場を誘致すること、体育館や文化ホールをつくること、農業を守ることなどを政治家に要求しただけで、戦後六十八年、なんとなく過ぎてきたのではなかったでしょうか。この間、足下の地方財政の赤字が積み上がってゆき、人口が年々減ってゆき、農林水産業の疲弊も進んでいったのですが、それでもまだ国が何とかしてくれる、政治家に頼めば国の補助金や公共事業を引っ張ってきてくれる、という感覚で、いまも多くの暮らしが回っています。

――しかし、国にもうそんな財源はありません。高速道路を通しても、その先にあるべき活発な物流や人の行き来が、現実にどこにあるでしょうか。維持費がかかるばかりで、地元経済の活性化につながらないインフラを抱えて、地方都市もまたアップアップしているのが現実ではないでしょうか。

繁栄の終わりを迎えているという現実の厳しさに、中央も地方もありません。正社員も非正社員もありません。先月から施行された改正労働契約法で、地域・職域を限定した社員というのが導入されたとのことです。正社員の解雇ルールの導入は見送られたようですが、企業が余剰人員を抱える余裕をもたないのは当たり前だというふうに、私たちの頭のほうを切り換えるときが来ているのだと思います。私は昔から、『釣りバカ日誌』のハマちゃんが正社員だというのに違和感がありまして、いくらコメディでも、もう少し違った設定だったらよかったのにと、ずっと思っておりました。

しかしその一方で、私も会社員だったことがありますので、あのハマちゃんの勤める建設会社の雰囲気は、総じて日本の会社の空気だったということも知っております。生産性に寄与していない社員が多すぎ、無駄が多すぎ、管理職の存在理由が不明で、とにかく飲み歩く頻度が高すぎる――そういう日本の会社員たちがこの繁栄を支えたのは事実ですけれども、それが終わりに近づいているのです。私の度量が小さいのかもしれませんが、これからはもう、あの鈴木建設にハマちゃんは要らないし、たぶん営業三課も要らない。

これからは、生産性が上がらなくても正社員であれば終身雇用で一生守られる、というような時代でなくなってゆくことだけは確実です。言い換えますと、自分の能力以上の評価を受けることはない社会、というふうにも言えます。厳しさとは、そういうことです。そのとき、ほんとうであれば正社員・非正社員という区別をなくして、同一労働・同一賃金の制度を確立し、労働市場を流動化しておかなければならないのですが、私たちにこれを実現する意思はあるでしょうか。――労働市場が自由になれば女性の社会進出も進み、ワークシェアもやりやすくなるのですが、既得権をもつ労働組合が、こうした未来のための改革をまっさきに阻んでくるでしょう。たとえば、それを動かすのが政治であり、そういう政治を機能させるのが、私たち働く者、暮らす者の意思だというわけです。

ともあれ、繁栄の終わりに差しかかった社会を生きるというのは、少々気合を入れて生きるということになるかもしれません。かつてのような上昇気流がもうないので、のほほんとしていては、自然に浮力を失って落ちてゆく凧のようなものです。少しずつ糸を操作し続けて、落下しないように努力を続けなければならない。無駄な足は落として、できるだけ身軽にして、慎重に、周到に、操作をし続ける。ここでは、あるかもしれない未来の生き方を凧に譬えてみましたけれども、守るべきは守り、無駄を捨て、望みすぎず、努力を怠らず、与えられた資源を最大限活用して、よく生きる、ということになりましょうか。

ところで、仮にそういう生き方が私たちの未来の意思であるということになった場合、それではは具体的にいま、何を目指すべきかであります。順不同で、三つ挙げたいと思います。

まず、一つ目に目指すべきは、平和で誇りに満ちた社会であります。社会の最大の価値を、子どもが仕合わせに暮らすことに置くことです。そのためには、予算の配分も大きく変えてゆく必要があるでしょう。また、二つ目は、子どもたちが平和で誇りに満ちた社会に暮らすためにも、もう一度、歴史認識の整理を国家レベルで徹底させることです。戦後六十八年も実質的に平和を守ってきたこの国が、世界から歴史認識が間違っていると非難されたり、孤立したりするのは、はなはだしく国益に反するだけでなく、東アジアの安定にもつながらないからです。子どもたちに、戦争をさせてはならないという明確な意思を、未来の意思にするのは、それこそ日本らしい意思ではないかと思います。

三つ目は、先程、あとで触れると申し上げたことなのですが、繁栄の終わりを迎えた先進国に、どのような未来が有り得るかという話です。たんに貧しくなって、治安が悪くなって、生活の質が下がって、というような未来は誰も望まないし、それでは未来を意思する意味がありません。

そこで結論から言えば、江戸時代からの四百年間にこの国が築いてきたさまざまな財産を、できるだけ長持ちさせ、再生させ、生まれ変わらせて、活かし続けるということになります。先程申しましたように、最低限の経済成長を続けることが条件になりますけども、この国の豊かさのストックがあれば、世界のどこも経験したことのない、安定した低成長社会のモデルになれる可能性があると思うのです。

その具体的な姿は、私には語る力がありませんが、消費生活のすみずみに浸透した先鋭さや、ポップなセンスは、この先もずっと最先端のポストモダンであり続けるような気がします。エコだの、スローライフだのといっても、それも日本では消費文化の一つですし、相対的に所得水準は下がっていても、文化の先鋭さは逆にどんどん際立っているような感じもいたします。若者の勉強不足や、一般教養不足は気になりますが、たとえば文学全般のすそのが、いまなお世界と比べておそろしく広いことをみれば、まだ絶望するほどではありません。

必要なことは、「私たちはいま、どういう時代に生きているのだろうか」ということを一人一人が言葉にし、言葉にすることによってかたちにし、かたちにすることによって把握をすることです。いまがどういう時代であるかを言葉にすることによって、初めて私たちは何事かを理解し、考え始めるからです。そうして未来への思いを言葉にし、言葉にすることによって意思をもつ。意思をもつことによって未来が立ち現れる、というステップを、けっしてはしょらないことです。

「これはいったいどういう時代なのだ」と、言葉を失って立ちすくんだ瞬間、人は同時に言葉を探し始めるのです。そうしてあれこれ言葉を探しているとき、私たちはすでに未来への意思をもっているのだと思います。諦めないでおきましょう。

異化する沖縄

二〇一六年十一月十九日「世界平和アピール七人委員会」講演

いま、私は、本土の代表として、つまりヤマトを代表して、沖縄が見えていない人間の一人として、ここに立たせていただいております。本日の講演会での「沖縄は日本なのか」という問いは、とても胸をえぐるものであります。たとえば、行政の目で見ますと、沖縄は日本の自治体であるのは当たり前ですから、いまさら「日本なのか」と疑問形になっていること自体が、大変に異様なことだということになります。

歴史の目で眺めますと、もちろん沖縄は、初めから日本の領土だったわけではないですから、改めて「日本なのか」と疑問形で問われますと、私を含めて多くの人は、すぐにはイエス、ノーと答えられないのではないでしょうか。

琉球王国のかたちができましたのは十五世紀ですけれども、日本書紀の時代から沖縄を含めた南西諸島は、日本と盛んに交流があったそうです。近世になって、豊臣秀吉や江戸幕府が琉球に圧力をかけるようになったのも、おそらく日本語に近い言葉を話す琉球を、日本人はもとよりまったくの外国だと見ていなかったからではないかという気がいたします。

しかし一方では、琉球は確かに中国と朝貢関係にある一つの独立国であったので、明治初めの琉球処分で、琉球が日本に組み入れられたあとも、中国が琉球に対する日本の権益を正式に認めたのは、日清戦争のあとのことでした。

こういう歴史を眺めただけでも、「はて、沖縄は日本なのか」と改めて考え込まざるを得ません。ともあれ「日本なのか」という問いは、そう簡単には答えられないという意味で、やはりかなり異様な問いだと言えます。

またさらに、米軍基地という現代の国防の目で眺めますと、いまどき在日米軍基地の七四％が集中している沖縄は、ストレートに「本当に日本なのか」という問いを立てられても不思議はありません。そこでは、そんなふうに問われる沖縄の状況そのものが、まさに異様だということになります。

そしてもちろん、「沖縄は日本なのか」という問いは、沖縄県民ではない、外部の私たちが立てているのであって、沖縄県民が同じ問いを発するときには、まったく違う位相を持つはずであります。

ともあれ「沖縄は日本なのか」という問いは、沖縄県民ではない外部の私たちにとって、「沖縄とは何なのか」という問いに書き換えることができます。沖縄に集中している基地の問題ですとか、普天間基地の辺野古への移転問題、あるいは北部訓練場のヘリパッドの建設問題などについて考えることは、すなわち、「私たち日本人にとって沖縄とは何か」を考えることだと言えます。さらに言えば、沖縄に対する私たちの無学、無理解、あるいは錯誤、あるいは無関心が、いったいどこから来るのかを考えることでもあると思います。

この私を含めて、現代の一般的なヤマトの人間にとって、琉球の歴史というのはもっとも縁遠いものですし、文化も、風土も違います。言葉も違います。私たちは、沖縄戦があったことは知っておりますけれども、たとえばひめゆり学徒隊と聞いても、何となく悲劇の少女たちという漠としたイメージの域を出ません。そのため、一九七二年にアメリカ民政府の管理下から日本に返還されたあとの、観光地として生き始めた明るい沖縄のイメージと、沖縄戦の記憶とをきちんと接続させることができておりません。夏のビーチに押し掛ける私たち観光客は、平和の礎《いしじ》を見学することはあっても、米軍基地をわざわざ見に行くことはありません。たぶん、私たちの多くは、沖縄について何をどう考えればよいのか、そもそもの始まりからして分からないために、触れることができないでいるのかもしれません。

一九七二年に全面返還がされなかったこと、基地が残ったことは知っていても、そもそもどういう政治の事情でそんなことになったのか、あるいはサンフランシスコ講和条約で独立を回復したはずの日本の一部を、なぜアメリカ軍は占領し続けていられるのか。十分に考えるための情報も、機会も与えられないまま、私たちは日米安保条約を理由に思考停止をして、今日に至っております。

そういう私たちの目に、たとえば高江のヘリパッド建設のあの争乱は、どういうふうに映るのでしょうか。一言で言えば、「いまどき沖縄でしか見られない風景」というものではないでしょうか。「沖縄でしか見られない風景」。強いて言えば、五十年前の三里塚闘争の光景に少し似ていますけれども、二十一世紀の日本では、もはや沖縄でしか見られない。それが、高江での機動隊と住民の対峙の姿です。

沖縄でしか見られないということは、私たち本土の人間の目には奇異に映るということです。南国のリゾート地としての沖縄のイメージとは絶対に重ならない特異な、特別な光景ということです。

　ここで少し概念の話をさせていただきますと、奇異とか、特異といった感覚は、まったく接点のない他者に対しては起こりません。いくらか共通点があって、地続きであるような相手であるときに初めて、奇異だとか、特異だとか、感じる。つまり、私たちが高江の争乱を奇異に感じるのは、現地と本土が、私たちの頭のなかで一応つながっているということです。ひとまず地続きではあるということの証なのです。

　一九七二年以降に生まれた人たちにとって、沖縄は日本以外のどこでもないですし、沖縄出身のスターやスポーツ選手もたくさん活躍しておりますから、その意味でも沖縄と私たちは、一定程度はつながっていて当たり前です。つながっているからこそ、高江の争乱を奇異に感じる。基地をめぐる沖縄県民の激しい気持ちを特異なものに感じる。

　では、高江の争乱の何が、私たちにとって奇異に見えるのでしょうか。ヘリパッドがつくられますとオスプレイを配備される可能性があることや、ヤンバルクイナなどの希少動物の生息が脅かされることなど、住民には建設に反対する理由はもちろんあります。それなのに、国が住民の意向を無視して建設を強行したため、住民が座り込みで抵抗をしているわけです。

　地域住民が行政の方針に反対するという構図だけなら、たとえば歴史的景観地域保存運動とか、老人ホームの建設反対運動のように、私たちの身近でもしばしば見られます。では、高江や辺野古は、それらとどこが違うのか。結論から先に言いますと、沖縄の人々の反対運動には、基地の騒音や安全の問題、あるいは自然保護の問題といった表立った理由の下に、大きな負の住民感情が流れているように感じられることです。

一方、私たちの身近で起きる反対運動の場合は、たとえば住民は「そんなところに高層マンションを建てられたら困る」といった具体的な利害でつながっているだけで、それ以上の何もありません。それに比べて沖縄では、米兵による婦女暴行事件や、訓練機の墜落事故といった出来事への表立った怒りの下にも、大きな、深い、負の感情が張り付いております。

その負の感情が向かっているのは、アメリカではなくて日本です。事件や、事故を起こすのは駐留米軍の兵士ですし、問題の多くは米軍基地が沖縄にあることから来ているのですけれども、悪いのはアメリカというよりも、そういう状況を沖縄に押し付けている日本だ、という構図であります。沖縄にとって耐えがたいのは、何よりも日本政府の無策、無能、無作為、あるいは差別であり、それが沖縄にもたらしている苦難なのです。

日本に対する負の感情が沖縄に植え付けられたのは沖縄戦のときですが、その後の占領下でも、日本の無策は変わりませんでした。この「変わらなかった」ということが、負の感情をいよいよ決定的なものにして、今日に至っているのだと思います。

古代からの日本や中国、あるいは東南アジアとの関係を見ましても、沖縄の人々は独立心旺盛で積極的に国土を拡張していくような、そういう民族ではなくて、どちらかといえば穏やかな性格の海洋民族であったように思います。温暖な気候のために、食べるだけは食べられますから、たとえば産業発展といったことにも、それほど邁進することはなくて、穏やかに、のんびりと暮らしていたのではないでしょうか。

薩摩が侵略して以降、明治時代の琉球処分に至る過程を眺めましても、これは、私の個人的な印象ですけれども、激しい抵抗をしたというよりも、むしろ争いをするよりは長いものに巻かれる式で日本に仕方なく組み入れられた、組み入れられることを受け容れた、そんな印象があります。これにはもちろん違った見方もあると思いますけれども、沖縄は、少なくとも太平洋戦争までは日本の一部として生きることに、大きな抵抗はなかったのではないでしょうか。

それが一変したのが、沖縄戦であります。沖縄を見棄て、沖縄を見殺しにした日本軍の姿を目の当たりにしたときに、決定的な断絶が起きたのだと思います。日本で唯一住民が直接に地上戦を経験したわけですから、その戦争の記憶の残り方というのは、ただでさえ本土の私たちに比べて強烈だったはずです。その強烈な戦争の記憶の上に、日本人への憎しみがしっかりと刻印されているのだと思います。

写真家の大石芳野さんの作品に写る、沖縄の人々の目に光るのは、まさに日本への憎悪だと思います。沖縄戦で日本軍に見棄てられ、日本軍に自決させられ、日本軍に家族を殺されたその直接の記憶は、その人が死ぬまで絶対に消えることはありません。

そして、沖縄でのその直接の体験と記憶は、子どもたちに語り継がれて定着してきました。大石さんの八〇年代の写真集に『沖縄に活きる』という作品がありますが、そのなかのインタビューで、一人の中学生が「憎い日本」という言葉を使っています。彼がいまも生きておられたら五十代でしょう。少なくともそのぐらいの世代までは、沖縄の人たちは、まさに「憎い日本」という潜在的な感情をもっているということです。

終戦後、沖縄はアメリカの軍政下に入ったこともあって、日本政府はまたしても無為無策を決め込みました。日本政府は、沖縄への米軍基地の集中や地位協定、あるいは核の持ち込みを丸呑みにして今日に至っております。沖縄の状況が、こうして固定化されることによって、沖縄戦の日本軍のムチャクチャな行為を知らない世代にも、日本政府の無為無策への怒りと不信感だけは、しっかりと植え付けられることになったと言えると思います。

ところで、この「憎い日本」という負の感情というのは、まさに私たちにとって沖縄を特異にしているものの正体であります。今日、日本のどこを探しても、「憎い日本」という感情を持つ日本人は、おそらく沖縄県民だけだと思われます。世界を見渡しても、アメリカを憎むアメリカ人ですとか、中国を憎む中国人、フランスを憎むフランス人というのは、移民の二世三世を除けば、ちょっと想像することができません。

実は、在日韓国・朝鮮人が多く暮らす大阪の猪飼野では、「憎い日本」という感情が澱のようにありますし、それゆえ猪飼野という地域を大阪のなかで特異な場所にしているわけですが、在日の人々は、もともと韓国・朝鮮の人たちであって、日本人であったわけではありません。一方、沖縄の人々は、もともとは日本人ではなかったとはいえ、国籍上も日本人になって久しい人々です。それが「憎い日本」という感情を持つ。これは本当に特異なことです。

「憎い日本」という感情を抱いている沖縄の人々は、本土の日本人に対して自らを異化している、ということも言えます。「異化」という言葉は、ロシア・フォルマリズムのヴィクトル・シクロフスキーという作家が唱えた考え方ですけれども、誰もが当たり前だと思っていることや、ふだん見慣れているものに、あえて異物を組み合わせて人々の注意を惹く考え方です。

とても有名な例を一つ挙げますと、マルセル・デュシャンという造形作家の「泉」という作品があります。何の変哲もない白い便器を一つ展示しまして、それに「泉」というタイトルを付けるわけです。便器は便器でしかないのですが、それが「泉」と呼ばれることによって、見る人はギョッとして、思わず便器を注視します。これを異化と言います。デュシャンは、「泉」というタイトル一つで、便器を異化したわけです。

同じように沖縄は、「憎い日本」という感情で自らを異化してみせているのだと思います。本土の日本人にとっての、沖縄の分かりにくさ、言葉にならない特異な何か、あるいはデモや座り込みの構図の背後に流れている、むき出しの何かの感情、敵意。沖縄は自らを異化して、私たち本土の人間に「絶対に本土を許さない」という意志を伝えているのだ、と言えるのかもしれません。

では、沖縄はなぜそんなふうに、自らをわざわざ異化するのか。一言で言えば、本土の日本人の無関心を告発するためでしょう。デュシャンが、便器にわざわざ「泉」というタイトルを付けて人に注目させるのと同じで、戦後七十一年、戦争などなかったかのように平和ボケをして、加害も、被害も、どちらも忘れてしまっている日本人に対して、異物である沖縄を自ら突きつけるための異化であります。

実際、沖縄の人々がどんなに本土との平等を望んでも、私たち本土の日本人は沖縄の思いに気づいてもいません。基地沖縄に向けて、お金をばら撒くだけです。これでは、沖縄はまったくの独り相撲です。だから異化する。本土に対して自ら異物になる。そうして沖縄は、自らを異化するために、古い地層を掘り返すようにして、沖縄戦の暗い記憶を常に呼び起こし続けるわけです。

人間は、つらい記憶をあえて風化させたり、忘却したりすることで精神の安定を保つ生き物ですけれども、沖縄は、逆にあえて暗い記憶を呼び起こし続ける。何の力もない沖縄の人々には、それしかできないということもあるかもしれません。

では、その効果のほどはどうかと申しますと、現実には効果はほとんどないというほかありません。日本軍が沖縄を見棄てた沖縄戦の真実も、日本政府の無為無策に対する沖縄県民の怒りも、まったく本土の私たちには届きません。沖縄の憎悪がどんなに激しくても本土は気づかない。沖縄の憎しみがまったく目に入らない。「憎い日本」という沖縄の負の感情は、本土にはチンプンカンプンということです。

では、そこで何が起こるか。たとえば永田町の政治家たちは、「沖縄はどうしてこんなにも頑ななのだ?」「どうしてこんなにも反体制的なのだ」といった拒否反応を示すだけです。そのため政権与党は、沖縄でまともに選挙戦を戦うことすら端から諦めてしまっています。本土の政治家には、沖縄の県民感情が心底分からないのです。

また私たち本土の一般市民も、沖縄について漠とした分かりにくさや、奇異な感じといった曖昧な印象を持っているのですが、このことが沖縄のイメージのしにくさにつながっています。そして、この沖縄の分かりにくさの大部分は、私たちが沖縄の憎悪に気づいていないことから来ているのです。「憎い日本」という沖縄に気づかないのは、もちろん私たちが沖縄戦を正しく理解していない、あるいは忘れてしまっていることから来ています。言い換えれば、今日の沖縄の問題はすべて、ここに立ち返らなければ解決の道は開かれないということです。

私たちは今一度、沖縄を振り返って、日本軍が何をしたのか、時の軍部が何をしたのかを、よくよく知る必要があると思います。近代の戦争で、作戦の邪魔になるという理由で、軍隊が一般市民を殺すなどというのは極めて異常なことです。ひとたび戦争となれば、一般市民が犠牲になることはもちろん多々ありますけれども、防空壕を兵隊が占領して、女性や子どもを追い出すといった話は聞いたことがありません。

たとえば、満州でも、関東軍は在留日本人を置き去りにして敗走しましたし、その結果、日本人の女性と子どもは大変な目に遭いました。しかし、彼ら引揚者たちは「憎い関東軍」とは言いましても、「憎い日本」とは言いません。こうして考えてみますと、結局、沖縄は日本に併合されたときから、日本人にとって潜在的には日本ではなかった、ということかもしれません。

一方、沖縄自身は、日本になろうとしたのに裏切られたので、日本を憎むということです。しかし、どんなに日本が憎くても、沖縄は、現実には独立する力も、あるいは新たに帰属する先もありません。沖縄は日本であり続けるしかないですし、そのためには、現状では自らを異化し続けるしかないということだと思います。

私たちは、沖縄戦まで立ち返って、「憎い日本」という沖縄の感情を踏まえたうえで、沖縄を改めて見つめ直す必要があると思います。そうしたら、きっといまとは違う沖縄が見えてくるでしょうし、沖縄に対する日本政府の無策と無責任が、よりはっきりしてくるはずです。また何よりも、沖縄に集中している基地を本土に移そうという思いが、私たち本土の人間のなかに生まれてくるかもしれません。

「沖縄は日本なのか」という問いに対しては、「沖縄は日本だ」と即答することができるようにならなければならないのです。

あとがき——憲法のいま

敗戦から間もない一九四七年、私たちの日本国憲法は晴れやかに施行された。このとき、過酷な戦時下の暮らしが過ぎ去って新しい時代となったことを、日本人は一つ一つの条文の意味ではなく、空の明るさが違うといった一種の空気感として感じ取ったのではないかと思う。なぜなら、大日本帝国憲法から一変した象徴天皇制や、主権在民や基本的人権といった新憲法の考え方は、そんなものだといきなり説明されても国民にはそう簡単に理解できるものではなかっただろうし、立憲主義の理念を正確に理解している人も限られていただろうからである。とすれば、新憲法はその始まりから、「戦前とは違った社会と暮らし」を国民に約束する何ものかであり、それ以上でも以下でもなかったと言うべきかもしれない。実際、旧憲法においても、昭和初期に起きた統帥権干犯問題や天皇機関説事件を見れば明らかなように、当時の政治家や国民はやはり、憲法の存在理由である立憲主義に十分馴染んでいたとは言い難い。日本人と憲法の関わりは、近代国家として歩み出した明治時代から二十一世紀の今日に至るまで、見かけほど堅固でないのは確かである。

では、戦後七十年にも亘っておおむね空気のように捉えられてきた現行憲法の実態は、どんなものだったか。この国で憲法が公に取りざたされるのは、立法府での法案の審議を除くと、ある事柄について合憲か違憲かの憲法判断が問われる種々の訴訟の場である。たとえば、古くは砂川事件から長沼ナイキ訴訟、百里基地訴訟、小松基地訴訟などで、自衛隊が憲法九条に違反しているか否かが争点になった。また憲法二十条の政教分離原則をめぐっては、各地で靖国神社玉串料の公費支出の当否が争われてきたし、昭和三十年代の朝日訴訟から今日の各地の集団訴訟まで、生活保護費をめぐる訴訟では憲法二十五条に定められた生存権が訴えの根拠となっている。またさらに、六十年代から今日まで、憲法十四条の平等権を根拠にした一票の格差をめぐる訴訟が全国各地で起こされてきたし、個人のプライバシーと取材の公共性、芸術の猥褻表現と公序良俗のせめぎあいでは、つねに憲法二十一条と十三条が俎上に上がる。

とはいえ、自衛隊や米軍駐留基地や日米安保条約といった国家統治に関わる政治の行為については、最高裁判所は一般に憲法判断そのものを回避する。そのため私たちは、現実に「戦力」と呼ぶほかない自衛隊の厖大な装備はどう考えても憲法九条違反ではないのかという、居心地の悪い疑問に、長年宙吊りにされたままとなっている。自衛隊の存在についてすら、そんな状態だから、集団的自衛権行使を可能にした安保改正法に至っては、なおのことである。

一方、たとえば忠魂碑や靖国神社玉串料の公費支出を違憲とする訴訟が、一部の市民によってことさらに提起される背景には、同時代の社会と国民の大きな無関心が透けて見えるが、よくよく考えてみれば、憲法に政教分離が謳われているにもかかわらず、政治家たちが当たり前のように公人として明治神宮に参拝するのはなぜだろうか。国民の多くが政治家たちの新年の明治神宮詣でを異様に思わないのと、一部の自治体が靖国神社の玉串料を税金から支出するのは同根であろう。そして、明治神宮や靖国神社をめぐる国民のあいまいな意識は、政教分離が定められた憲法下で国民統合の象徴と規定されている天皇が、宮中で私的に神道祭祀を行い、その大祭に総理大臣や三権の長が陪席してきたことにもつながっている。この説明不可能な状況は、天皇制と近代憲法を法的に接続することの基本的な困難を私たちに教えているが、その克服のためには、日々の言説において不断の微調整や綱渡りが必要となるのである。

けれどもこの七十年、私たちは微調整よりも分断、もしくは思考停止を選び、不幸にも憲法をつねに左右のイデオロギーの草刈り場にしてきた。九条を絶対不可侵とする護憲派と、旧憲法への復古を隠さない改憲派の間で、象徴天皇制や戦争放棄の条文に見られるような現行憲法のもつ困難さが逆に忘れられ、「象徴」や「九条」といった言葉だけが独り歩きする時代を招いたのである。かくして、もともと立憲主義が広く国民の意識に根付くことのなかったこの国で、憲法は憲法としての本来の機能をほとんど停止させ、いまや一内閣の閣議決定一つで簡単に反故にされるようなものになり下がった。

二〇一七年二月現在、自衛隊のPKO部隊が派遣されている南スーダンの治安状況について、実際には戦闘が行われていることを認めながら、戦闘と言ってしまうとPKO法や憲法に違反するのであえて「衝突」と呼ぶのだと、防衛大臣が国会で答弁してみせた事実は、この国の憲法がすでに抜け殻になっていることを告げて余りある。

思えば、遠くまで来たものである。私たちは誰でもみな、政治や社会や暮らしのなかにかすかな変化の兆しを感じ取る能力をもっているが、それが何であるのかをようやく言葉にできたときには、経験したことのない大きな変化の波がすぐ後ろに迫ってきているものなのだろう。私自身、還暦を過ぎたころから少しずつ社会時評から身を引き、わずかに岩波書店の『図書』で時代相の覚書を書き留めるだけだったのだが、気がつくと、情緒と欲望の低劣な言葉が政治や社会を席巻する時代となっていた。私たちが失ったものはあまりに大きく、もはや取り戻すことはできないかもしれない。当面私たちに残されている道は、すぐ後ろに迫ってきている大波に呑み込まれないよう、黙って逃げることだけである。

高村 薫

作家．1953年大阪市生まれ．
『黄金を抱いて翔べ』『神の火』『リヴィエラを撃て』『マークスの山』『照柿』『レディ・ジョーカー』『李歐』『晴子情歌』『新リア王』『太陽を曳く馬』『冷血』『四人組がいた。』『土の記』などの小説作品をはじめ，『空海』『半眼訥訥』『作家的時評集2000-2007』『閑人生生 平成雑記帳2007-2009』『続 閑人生生 平成雑記帳2009-2011』『作家的時評集2008-2013』などの随筆集，時評集もある．

作家的覚書　岩波新書(新赤版)1656

2017年4月20日　第1刷発行

著 者　高《たか》村《むら》 薫《かおる》

発行者　岡本 厚

発行所　株式会社 岩波書店
〒101-8002 東京都千代田区一ツ橋2-5-5
案内 03-5210-4000　営業部 03-5210-4111
http://www.iwanami.co.jp/

新書編集部 03-5210-4054
http://www.iwanamishinsho.com/

印刷・三秀舎　カバー・半七印刷　製本・牧製本

ISBN 978-4-00-431656-5　Printed in Japan

岩波新書新赤版一〇〇〇点に際して

ひとつの時代が終わったと言われて久しい。だが、その先にいかなる時代を展望するのか、私たちはその輪郭すら描きえていない。二〇世紀から持ち越した課題の多くは、未だ解決の緒を見つけることのできないままであり、二一世紀が新たに招きよせた問題も少なくない。グローバル資本主義の浸透、憎悪の連鎖、暴力の応酬――世界は混沌として深い不安の只中にある。

現代社会においては変化が常態となり、速さと新しさに絶対的な価値が与えられた。消費社会の深化と情報技術の革命は、種々の境界を無くし、人々の生活やコミュニケーションの様式を根底から変容させてきた。ライフスタイルは多様化し、一面では個人の生き方をそれぞれが選びとる時代が始まっている。同時に、新たな格差が生まれ、様々な次元での亀裂や分断が深まっている。社会や歴史に対する意識が揺らぎ、普遍的な理念に対する根本的な懐疑や、現実を変えることへの無力感がひそかに根を張りつつある。そして生きることに誰もが困難を覚える時代が到来している。

しかし、日常生活のそれぞれの場で、自由と民主主義を獲得し実践することを通じて、私たち自身がそうした閉塞を乗り超え、希望の時代の幕開けを告げてゆくことは不可能ではあるまい。そのために、いま求められていること――それは、個と個の間で開かれた対話を積み重ねながら、人間らしく生きることの条件について一人ひとりが粘り強く思考することではないか。その営みの糧となるものが、教養に外ならないと私たちは考える。歴史とは何か、よく生きるとはいかなることか、世界そして人間はどこへ向かうべきなのか――こうした根源的な問いとの格闘が、文化と知の厚みを作り出し、個人と社会を支える基盤としての教養となった。まさにそのような教養への道案内こそ、岩波新書が創刊以来、追求してきたことである。

岩波新書は、日中戦争下の一九三八年一一月に赤版として創刊された。創刊の辞は、道義の精神に則らない日本の行動を憂慮し、批判的精神と良心的行動の欠如を戒めつつ、現代人の現代的教養を刊行の目的とする、と謳っている。以後、青版、黄版、新赤版と装いを改めながら、合計二五〇〇点余りを世に問うてきた。そして、いままた新赤版が一〇〇〇点を迎えたのを機に、人間の理性と良心への信頼を再確認し、それに裏打ちされた文化を培っていく決意を込めて、新しい装丁のもとに再出発したいと思う。一冊一冊から吹き出す新風が一人でも多くの読者の許に届くこと、そして希望ある時代への想像力を豊かにかき立てることを切に願う。

（二〇〇六年四月）

岩波新書より

社会

戦争と検閲 石川達三を読み直す　河原理子
生きて帰ってきた男　小熊英二
地域に希望あり　大江正章
地域の力　大江正章
遺骨 戦没者三一〇万人の戦後史　栗原俊雄
フォト・ストーリー 沖縄の70年　石川文洋
ルポ 保育崩壊　小林美希
アホウドリを追った日本人　平岡昭利
朝鮮と日本に生きる　金時鐘
被災弱者　岡田広行
農山村は消滅しない　小田切徳美
復興〈災害〉　塩崎賢明
「働くこと」を問い直す　山崎憲
原発と大津波 警告を葬った人々　添田孝史
縮小都市の挑戦　矢作弘

福島原発事故 被災者支援政策の欺瞞　日野行介
日本の年金　駒村康平
食と農でつなぐ 福島から　岩崎由美子・塩谷弘康
過労自殺〔第二版〕　川人博
金沢を歩く　山出保
ドキュメント 豪雨災害　稲泉連
希望のつくり方　玄田有史
親米と反米　吉見俊哉
人生案内　落合恵子
ひとり親家庭　赤石千衣子
女のからだ フェミニズム以後　荻野美穂
〈老いがい〉の時代　天野正子
子どもの貧困　阿部彩
子どもの貧困 II　阿部彩
性と法律　角田由紀子
ヘイト・スピーチとは何か　師岡康子
生活保護から考える　稲葉剛
かつお節と日本人　宮内泰介・藤林泰

家事労働ハラスメント　竹信三恵子
ルポ 雇用劣化不況　竹信三恵子
福島原発事故 県民健康管理調査の闇　日野行介
電気料金はなぜ上がるのか　朝日新聞経済部
おとなが育つ条件　柏木恵子
在日外国人〔第三版〕　田中宏
まち再生の術語集　延藤安弘
震災日録 記憶を記録する　森まゆみ
原発をつくらせない人びと　山秋真
社会人の生き方　暉峻淑子
豊かさの条件　暉峻淑子
豊かさとは何か　暉峻淑子
構造災 科学技術社会に潜む危機　松本三和夫
家族という意志　芹沢俊介
ルポ 良心と義務　田中伸尚
靖国の戦後史　田中伸尚
日の丸・君が代の戦後史　田中伸尚
憲法九条の戦後史　田中伸尚